氷楼の魔女
スノウ
元魔王の娘
レーナ
元勇者
エリーナ

「魔力」に溺れた魔術師
ミザリー
炎帝
ボルケイノ
エリーナの待従
エルサ
魔王の娘の百合戦記
Lily wars
Characters

魔王の娘の百合戦記

TS転生した勇者は可愛い魔族や
モン娘に囲まれた平穏な暮らしを守りたい

新生べっこう飴

ぶんか社

C O N T E N T S

プロローグ　～第二の魔王が生まれた日～ ……… 003

第一章　魔の体と勇者の魂 ……… 011

幕　間　とあるニャウの話 ……… 060

第二章　剣聖の運命 ……… 065

第三章　拠点を作りましょう ……… 108

幕　間　スノウとエルサ ……… 130

第四章　魔力という災厄 ……… 138

幕　間　ボルケイノとスノウ ……… 169

第五章　禁忌の術 ……… 182

エピローグ　～新生魔王軍結成～ ……… 216

番外編　レーナとお菓子をめぐる冒険 ……… 223

番外編　勇者と魔王の娘の出会い ……… 243

プロローグ　～第二の魔王が生まれた日～

雨が降っていた。しとしと、と縛り上げられた俺の体を濡らしていくそれはひどく冷たかった。

「こんなっ……こんなことがあるかよ……！」

俺はたまらず、血を吐きながらそんな悔恨《かいこん》を述べた。だが、それさえも雨音は奪っていく。

「勇者カイン。其方《そなた》は見事、魔王を討伐《とうばつ》なさった。しかし……その過程で行われた数々の悪行。どうしても……見逃すことはできません」

聖衣に身を包んだ老人がそうひどく落ち込んだ声で述べる。かつては一人をして魔王軍幹部を討ち取った俺を褒めてくれた恩義のある男だった。

「残念だ……。カインよ」

「違う！　そいつは全部仲間がやったことだ！　俺は、俺はただ……人類の平和を、ただそれだけを願って……！」

「……ならば、仲間の不徳は其方の不徳、と受け入れてもらう他ない」

そう首を左右に振りながら言う男の背後には、数人の男女が立っていた。いずれも、共に魔王討伐を成した仲間達だった。処刑台に倒れる俺を目の前にしてそいつらの口元は……歪《いびつ》な笑みを浮かべていた。

かつて、俺には最強の自負があった。生まれたその時より様々な才能を手にしており、それを磨き上げることだけに生涯を捧げた。結果、俺は一人で人類の脅威である魔物や魔族……果てには魔王と渡り合えるほどの実力を手にした。

だが、悲しいかな人徳はなかったようだ。勲章をいただいても、街を救えども、俺と共に戦おうとしてくれる仲間を見付けることができなかった。それは偏《ひとえ》に、俺が強すぎたためだった。

民衆は思ったのだろう。あの人に任せておけば大丈夫、と……。だが、それはあまりに寂しい旅だったのだ。

そんな心持ちから、俺は『譲渡《じょうと》』という能力を生み出した。自らの才能・肉体を他人に手渡すという、ただそれだけの能力だ。

だが、それには多くの者が集った。人類最強の力だ。才能とは成長を手助けするものだと俺は思っていた。だから、既にそれを極めてしまった俺には才能は不要だったのだ。欲しがらないわけがないと思ったのだ。きっと、今にして思えばそんな安易な考えが良くなかったのだろう。

その中でも精鋭の四人に、それぞれ俺の才能を譲渡した。彼ら彼女らは大いに喜び、共に戦うと言ってくれた。

「エイガー……お前の策謀かっ……！」

その中でも剣術の才能を譲渡した男に俺は叫ぶ。彼は一介の騎士に過ぎない人物であった。それなりの地位にいたが、俺からすれば悲しいほどに剣術の才能がなかった。だが、力への憧れは強く、権謀術数《けんぼうじゅっすう》を使ってでものし上がろうとする根性があった。

ならば、と思ったのだ。まるで神を気取るように。

「カイン。お前の譲渡は素晴らしいよ。まるで剣の才能がなかった俺がここまでなれた。聞いたかよ。剣聖だぜ？　だけど……もう出がらしのお前なんか、邪魔なんだよ。勇者パーティの栄光を永遠にするため、死んでくれ」

道行く女を犯してまわったと罵られた。だが、それはエイガーのしたことだ。

「アイバーン……。ミザリー……。俺を、助けてくれよ……」

惨めだった。今や俺は闇魔法で身動きも取れず、かつての仲間に泣きつくことしかできなかった。

「……ごめんなさい。でも、あまりに膨らんだ鬱憤《うっぷん》は、もう……。魔力はもう、残っていないんでしょう？」

俺の体を拘束する魔法を展開している女魔術師、ミザリーの声は無情であり……それに『創造』の才能を与えた男、アイバーンも続いた。

「死んだ後、地獄で詫《わ》びよう。だが、それでも……人類の平和のためだ。貴様の力、存分に活かしてみせよう」

まだ未熟だった頃に、魔物の猛攻に耐えきれず街を守りきれないことだってあった。知識不足から、魔物の死体を放置して疫病《えきびょう》を蔓延《まんえん》させてしまったこともあった。国の資金を大きく回してもらってもいた。それをして、俺はいつだって助けられてきた。

だが。それは全て、人類の平和のためならばと。

彼ら四人の後ろに並ぶ民衆は、俺を人類の希望と呼んだ者達だった。だからこそ、全ての悪事、不平不満の爆発は衰えるところを知らず。

「死ね！　今まで力に任せて好き勝手やりやがって！　魔王さえいなくなりゃお前なんざ必要ねえんだ！」

「今までの信頼を裏切りやがって！　お前なんかを英雄と呼んだことは人類史に残る恥だ！」

いっそ、弾けてしまおうかと思った。だが、そのための魔力も、創造の力も仲間に渡してしまった。


だが。それは全て、人類の平和のためならばと！


そんな中、エイガーが叫ぶ。

「静まりたまえ！　確かにカインは多くの悪行を為してきた！　だが、彼とて人の子であったということだ！　魔王を倒す手助けをしてくれたのは事実だ。その責任は取ってもらうが、そこだけは認めようじゃないか！」

そして何より、民衆は知らないのだ。もし俺が抵抗の意を見せようものなら、端から順に彼らの首が遠隔起動の爆発魔法で吹き飛ぶことを。要は体のいい人質だ。俺が処刑から逃げようとすれば、俺の守るべき民を殺す、と。

無知なる民衆から沸き起こるエイガーコール。別に栄誉が欲しいわけじゃなかった。平和こそが真の目的ではなかった。ただ俺は。

仲間が欲しかっただけなのだ。その結末がこれだというならば。

「仲間なんざ……平和なんざ……！　くそくらえだっ！」

認めない。認められない。こんな結末など！　あまりに惨めすぎるじゃないか！

俺に残された最後の才能、『譲渡』を人知れず展開する。この盲目共をごまかす手法など、数多《あまた》ある。

「人類史上最強の勇者を！　そして過去最悪の大罪人を！　浄化することで、戦乱の時代に終わりを告げよう。これから先の平和は、俺達が守っていく……！」

俺の首を刈り取ろうとする歪な形の斧が大きく振り上げられる。

くっ、もう座標の特定までしている暇はないか……。いや、どこでもいい。もう誰の力も必要ない。とにかく、とにかく遠くへ……！

何を『譲渡』するだって？　そんなもの……もう、俺にはこの魂しか残っていないだろう？

斬《ざん》、と鈍い音がするのを……俺は切り離された首から眺めていた。忘れまい。忘れまい。この屈辱を。この無念を。だが……こんなままでは、とても終われない！

どこまででもいい。飛んでいけ。俺の魂よ！　そして、どうか……俺が生み出してしまったバケモノに決着をつけさせてくれ！

そんな一念だけを最期に、俺の生涯は余りにみっともなく終わりを遂げた。

──勇者に復讐を成すのならば、私はこの身を捧げましょう。私が愛した勇者様……。

◇

……気が付くと、深紅の空に覆われた、一見すると砂漠と見まがうほどの廃墟に俺はいた。

「ここは……暗黒大陸。魔族の国か」

どうやら、魂の『譲渡』は上手くいったようだ。この際、体が動くならどんな無機物でも魔物でも構わない。その体を鍛え上げればいいだけの話だ。

だが……。どうも体の感覚が変だ。視点はやけに低いし、レンガの感触さえ鮮明に伝わってくる。

俺はほぼ無意識に、割れた鏡の前に立った。

「……マジ？」

そこにいたのは、冴えない金髪の青年の影などどこにもない……銀髪に褐色、幼い顔立ちながら、ややつり上がった形の良い目が印象的な幼女の姿だった。

人間の年齢にして、十歳かそこら。わざわざ人間の年齢に直したのには理由がある。その頭には魔族の象徴たる大きな角が生えていたからだ。

それも、ぐるりと巻いた悪魔を思わせる巨大な一対の漆黒の角。

加えて、全身を循環するあふれんばかりの魔力の量と質。ここまでくれば俺には分かる。

「倒したはずの魔王の……そのものじゃないか」

だが、魔王は壮年の男だったはずだ。鏡に映るのは、少女そのもの。ということは……。

「私は、魔王の娘の体に、入り込んだのか……？」

自然と零れてきた、私という一人称。それが全てを表していた。

「魔王の娘なんて聞いたこともないけど……魔王城崩落の際に……死んでしまっていたのかな？」

口調もやや幼くなってしまっている。これでは威厳も何もない。だが、今の俺にはこれくらいでちょうどいい。いや、十分だった。

「……魔王の娘の魔力。私が培《つちか》ってきた技術。残った『譲渡』の力。それだけあれば……あいつらをギャフンと言わせるくらい、わけないわ」

きっと、増長していく勇者パーティの行く先は、平和とはほど遠いもののはずだ。ならば、それを止めるのは私の責任のはず。

「もう、仲間なんていらない。たった一人でどこまでやれるか……試してみようじゃないの」

いや、成さねばならぬのだ。『譲渡』が上手くいったということは、運命はまだ私を転がすつもりだ。演じてみせよう。魔王の娘としての第二の生を。

第一章　魔の体と勇者の魂

まず私が行ったのは……本当に魔王の娘は死んでしまっていたのか、という確認だった。これが生命体を乗っ取っての生まれ変わりだとしたら今すぐ自害してしかるべき案件だったからだ。

だけど、『譲渡』できる魂はどこにも見当たらなかった。ならばやはり、魔王の娘は死んでしまっていたのだろうか――。

「ううん、それより現状の確認よね」

しかし、この口調には慣れない。軟弱な、と女の子に言うつもりはないが、もっとしっかりできないものか。

そう思って両腕を大きく回すと、ちゃりん、と腕から金属音がした。何だろうと思って見てみると、それは銀が所々剥《は》げ落ちたような薄汚れた腕輪だった。しかし、縛るためのものではなく、飾るためのものだ。

そこに名前が彫られていた。歪んだ字で、しかし丁寧に。

「エリーナ・ヴィレッジ……。これが、新しい私の名前」

そして、今度は体内へ意識を巡らせる。やはり、魔族としては傑物《けつぶつ》並みの魔力がそこには眠っている。が……本当の意味で眠っている。おそらくは、魔法の鍛錬などろくにしてこなかったに違いない。これでは宝の持ち腐れだ。

だが、裏を返せば成長の果てはどこまでもあるということ。これには修行オタクと自負する私も昂《たか》ぶった。磨けば磨くほど光り輝くなんて、素敵なことだ。

「＜魔炎《まえん》＞」

試しに私は手元にあった石を握り込んで、魔族が使う火炎魔法の初歩の術を行使した。これなら別に危険はないだろう、と……。そう思っていた。

「わっ。わっ！」

しかし、その黒い炎は石を溶かすだけでは物足りないとどんどん大きくなっていく。慌ててその火球を大岩に向けて投げ捨てると、着地と同時に大岩もろとも火球は爆散した。

「これが初級魔法……？　嘘でしょ？」

確かに魔王戦でも見た光景だ。だが、一大陸を支配し、人類全員を攻め落とそうとしてきた魔王でさえ＜魔炎＞ではまさしくジャブのような砲撃しか行えなかったはずだ。むしろ、それを起爆剤として人類の兵器を魔改造してきたこともあったっけ。

そして、思い至る。魔法に関しては既に多彩な研究が行われている分野だ。その一派に私もいたことがある。消耗戦に備えて、魔法理論の最適化に特化した研究をしてきたけれど、まさかその理論が魔族の身でも扱えるとは思わなかった。

これがもし、魔王並みの魔力を扱うに至った状態で放たれれば……。

その光景を想像して私は身震いをする。そして、同時に首をぶんぶんと。

私の目的はあくまで、私の『譲渡』で生み出してしまった害を人間社会から取り除くことだけ。

いくら罵詈雑言《ばりぞうごん》を浴びせられようとも、人類全てを滅ぼそうだなんて思わない。

自分の取るべき責任を取った後は……その後は……。

私はまた首を振って考えるのをやめた。今、その後のことを考えても仕方ない。まずは当面の目的をどうすれば果たせるかを考えるべきなのだから。

「魔王の娘かあ……。そりゃ、とんでもない逸材よね」

こういう軽はずみな行動が自分を殺したというのに、人間そう簡単には変われないものだ。

と、そこで新たな魔力反応が近づいてくるのを頭の上の大きな角が感知した。その初めての感覚に何だかもにょる。

この角っておどかすためについていたわけじゃないんだなあ、と一人納得していると、遠くから一人の女性が走ってきた。魔族の目はよく見える。

……驚いた。アルビノと呼ばれる亜種族だ。髪は漆黒。たおやかな心根を表したような小さな純白の角。滑空するにも使えないだろう小さな翼を生やし、歳の頃は十代後半ほどだろうか、大人しそうな外見の魔族だった。

「エリーナ様！　よくご無事で！」

そして、息を切らしながらも凛《りん》、とした姿勢を保ち、私の名を呼ぶ。

「……エルサ」

自然と彼女の名を呼んでいた。そう、昔からエリーナに仕えてくれている侍女で、名前が似ているねと二人で笑い合った……。

「っつ」

そこで、突き刺すような頭痛。何だ、今の光景は。まさか、エリーナの記憶が残っているのだろうか……？

「エリーナ様、どこかお怪我を？」

「問題ないわ」

何せ、別の人間に魂を『譲渡』するなど、初めての経験だ。こういうこともあるだろうと納得した。

「それよりエルサ。あなたも無事だったのね」

「はい。魔王様のお慈悲で逃れることが……。それで、エリーナ様をお守りすることもできず……申し訳ありません！」

「いいのよ。あれだけの猛攻だったんだもの。仕方ないわ」

剣を持てば並び立つ者なしの剣聖と、人類最大の魔力を持った魔法使い、全てを創造することができる魔術師。それを率いる人類最強の勇者。

それに魔王はたった一人で臨んだ。おそらくは自分でも敗北を予想していたのだろう、全ての臣下を逃がしての応戦だった。……もちろん、絶対の忠誠を誓う魔物や魔族の中には命令を無視して盾となった者もいたけれど。

……人間だった時の記憶と魔王の娘としての記憶が入り乱れている。これは早期にどうにかしないと。

「エルサ。私はこれより人間の住む大陸に行くわ」

「そんなっ。危険すぎます！」

「今、奴らはお父様を倒したことで浮き立っているわ。その隙を突かない手はないの」

「ですがっ！」

先ほど出して見せた〈魔炎〉……は危険だと分かったので、その発動の気配だけを手の先に集中させてエルサに向ける。

エルサはまるで捨てられた仔犬のような悲痛な顔で。

「……私はもう、一度死んだの。魔王城崩落の時にね。だから、もう今はただの幽霊のようなものよ。そんなものに仕える必要はないわ」

「まさか……み、見てください。従属の鎖です。私とエリーナ様を繋ぐ、大事な鎖はまだ……」

エルサが持ち出したのは、人間族が奴隷に使うような拘束の鎖だった。しかし、別に首に繋がれているわけでも何でもない。捨てればそれだけの代物。だが、その性能は折り紙付きだ。

（……エリーナが、まだ生きている……ということ？）

そうとなればますます私は急がなきゃならない。早く使命を果たして、この体を返さないと。そのワガママのために、この娘を付き合わせるなんて、ますますダメだ。

「……そんなもの、捨ててしまいなさい。私はもう、誰一人の協力も欲しくない。お父様も亡くなったのだから、私とあなたを繋ぐものもなくなったはずよ。しばらくは魔族にとって辛い時期が続くでしょうけど……強く生きなさい」

「エリーナ様、お気を確かに！　今のエリーナ様の目は……本当に、死人のようです」

「そうよ。私は今やただの死神。どうしても……しなきゃいけないことがあるの。じゃあね、エルサ」

これ以上ボロが出ないように、私は地を強く蹴る。それだけで飛べないエルサはみるみるうちに遠くへ。ただ、そのひび割れるほどの悲壮な声だけが耳に残った。

「私は、いつまでもあなたの侍従です。エリーナ様！」

欲しくない。そんなもの、いらない。

「仲間なんて……人間も魔族も同じものよ。仲間なんて……！」

そして、大きな湖の上まで飛んできた。そこに映る姿は……なるほど、確かに魔族というより悪魔であった。

しかし、そんな私を呼び止める声がまた一つ角に反応する。一旦は無視したけれど、それはどんどん大きくなって……。

「ああもう、行けばいいんでしょう！」

魔族とは、不便なのか便利なのか……よく分からなくなってしまった。


そして、私は声の主の元にたどり着いた。

色々と言いたいことはあるけれど、事実だけ告げよう。うるさいくらいに私を呼んでいたのは剣であった。

岩場に刺さった剣であった。見るからに禍々《まがまが》しい、真っ黒の剣身に赤黒い文様がついたもの。

「……さて。勇者にお灸《きゅう》を据えに行きましょう」

くるりと反転。私にはやらなければならないことが沢山あるのだ。

『おいおいおい！　まさか、このまま放置する気じゃねぇだろうな⁉』

その声は、角にぶつけられるようなひどく頭に響くものだった。声の印象だけから察するに男のものだが、口調の割に威圧感を感じるというか、まるで魔王の声のような。

その一点にのみ私は興味を惹かれ、思わず嫌そうな声で答えてしまった。

「喋る剣……インテリジェンスソードね。魔大陸には随分珍しいものが眠っているものだわ」

「お、分かるかい。いやあ、オイラの声を聞くことができる魔族なんて何年ぶりか！　魔槍《まそう》として生まれて数千年……まさか湖の端でぶっささったままとはなあ。ゲラゲラゲラ！」

「……槍？　どう見てもあなたは剣でしょう？」

「何にだってなれるぜぃ。持ち主の魔力の形質次第だけどなあ。いかなる形をとっても最強。これを以《もっ》て魔を冠する器よ」

「……むう。一理あるわね」

確かに、聖剣だとか何千年の歴史がある伝説の武具だとか、世の中にあることはある。だが、その中でも魔剣や魔槍となると話は違う。

歴史など知らぬ。正義など知らぬ。ただその時代の最強に値する武具が、魔を冠するということ。

思えば、魔王の持っていた魔剣は長く戦っても刃こぼれ一つしなかったことを思い起こす。

「で、あんたは何なの？」

「おう。オイラぁ名はティルヴィング。持ち主の悪《あ》しき願いを三度叶える代わりに破滅をもたらすってえ呪いで無尽蔵の攻撃力を……」

「やっぱり時間の無駄だったわ」

再びくるりと。見れば、湖の果てで何やら喧噪が。下級魔族達だろうか、大勢で何かを取り囲んでいた。曰く付きの武器よりはよっぽど興味を惹かれる。

「待て待てって！　そう生まれちまったもんは仕方ねえだろう。武器って奴はよう、使われてこそなんだってばよ。あんたは悪しき願いを祈らなきゃいい。俺はそいつにゃあ応えねえよ。そしたらどうだい。あんたにはノーリスクで最強の武器が手に入るって寸法じゃねえかい！」

「よく回る口には気を付けるようにしてるの。嫌な思い出があってね……。それより、あっちの騒ぎは何？」

騒ぎがあれば気になるのは勇者の性質《たち》というか。これはもう自分でも仕方ないと思っている。

「ああ……。魔王様が亡くなったせいで封印が解かれた邪龍が来るってんで、奴ら構えてんのよ。勝てるとでも思ってんのかねぃ」

「……は？　邪龍？」

「おう。いやあ、思い出すぜ。魔王様が力をつけるまでの魔大陸はそれはもう荒れてたよう。人間なんかは買い物気分で食らいに行くし、帰ってくれば血で血を洗う戦争よ。誰が一番強《つえ》えかってなあ。その時に最も猛威を振るったのがあの邪龍よ。何でも邪神様の加護を受けてるらしくてなあ。数万の魔族はあれにやられたんじゃねえかなあ？」

……。いや。そんな話。というか、あの魔王たたき上げだったのか。道理で強かったわけだ。

だが、今こうして会話している間にも、確かに漆黒の塊が凄まじい速度でやってくるのを目視でも確認できた。

「あれが来ると、どうなるの？」

「さあ……。もう随分前のことだからなあ。とりあえず、ここら一帯は焦土と化すんじゃねえかな？」

「……ここらって、どのくらい？」

「魔大陸の半分は沈むだろう。その後は人族の住む大陸まで飛んで手当たり次第？」

冷や汗がぽたりと。冗談ではない。曲がりなりにも自分でようやくつかみ取った平和だ。それがぽっと出の邪龍なんかに灰にされちゃ困る。

「行くのかい。何ででい？　あんたぁ、ただの魔族だろう」

「……うるさいわね。そこで黙って見てなさい！」

裏切りといえど、民衆は騙されてるだけだ。憎いのはあくまでパーティメンバーだけ。それ以外の人間に灰になるほどの罪はない。そもそもの話、私が魔王を倒したせいで封印が解けたというなら……。

「やれるだけはやるわ。それが私の正義なのよ――」

一体どれほどの速度で飛翔しているのか、見上げるほど大きな黒竜はもはや間近まで迫っていた。

あそこで待ち構えている魔族にも何の思い入れもない。彼らがどれだけの罪を重ねているのかも知ったこっちゃない。そんなもの、人間も魔族も変わらないと知ったから。

(見える限りを守る……思えば、そんな理由で私は勇者になったんだったかしらね)

◇

「状況を伝えなさい！」

現場に到着した途端、私はそう叫んでいた。その声に気付いた魔族達が口をパクパクとさせる。

「ま、魔王様のお嬢様！」

「ここは危険です。もうすぐ邪龍がこの地へ！」

そうだった。この体の持ち主は魔王の娘なのだった。あまりに綺麗に馴染むもので、すぐに忘れそうになってしまう。

「聞いています。だから私が来ました。戦える者は？」

「……あっしらはただの門番でして……。そりゃあ、戦えと言われれば、その……」

「ハッキリしなさい！　邪龍の脅威に立ち向かう度胸のある者はいるかと聞いているのです！」

もう時間はない。振り向き様に見れば、邪龍はもう口を開けて負のオーラを口に溜めていた。

「いや、いやだ！　万年立っているだけの俺達が……！」

「……ならば、そこで黙って立っていなさい」

ありったけの魔力を込めて、私は頭上に手を掲げる。

「∧障壁∨展開」

唄うのはそれだけでいい。呪文の簡略化はお手の物なのだ。重要なのは、最小限の行程で最大限の術式を編み出すこと――――！

そして放たれる絶対の圧を押し込んだ咆哮《ほうこう》。それは音だけではない。ヘドロとでも呼ぶべき液体が降りかかってくる。しかし、それは全て咄嗟《とっさ》に展開した魔導障壁《まどうしょうへき》で耐えきることができた。

（間に合った……。魔族の魔力で展開したおかげで随分変革してるけれど……相性が良かったみたいね。同じ量、質の魔力のぶつかり合いなら……）

……同じ量？　そんなはずがなかった。片や魔王をして封印という手を取らざるを得なかった伝説の龍。こちらはいかに魔王の娘の体とはいえ、まだ幼い身……。

その一瞬の防御は、偏に私が長年研究して編み出した術式のおかげ。でも、そんなもの……同質量以上の魔力が供給され続けなきゃ長く保つわけがない！

「きゃっ！」

咄嗟に自称門番の魔族達を吹き飛ばすのが精一杯だった。降りかかる全てを溶かさんとする邪龍のブレスをまともに受けてしまった。

通常ならば、一滴一滴が必殺に値するであろう攻撃力を感じた。できることと言えば、その全てに対する耐性を即席で作り出すことだけ。万を超える毒に対する術は学んできた。だが……。その全てを組み合わせてもなお、この邪龍のたかが咆哮はその上を行く！

全身が服ごと溶かされていく。治癒魔法など追いつきようもない。

「なっ、めんじゃないわよ！」

私は最強の勇者。今はそうでないとしても、誰に裏切られたとしても、名誉地位栄光全てなくなったとて、曲げられないものがある！

「負けることだけはっ……大嫌いなのよ！」

そう叫んだ私の前に現れたのはブレスの中に空いた穴。私も、馬鹿みたいにされるがまま咆哮を受けていたわけじゃない。その受け入れたダメージを『譲渡』の力を使い、解析してみせたのだ。

『譲渡』の術は何も、自らの力を与えるだけではない。一度受け入れ、自分のものとしたものは自身のものと同等に扱えるのだ。もっとも、吸える量は与える量には遙か及ばないけど……。

でも、成分さえ分かれば毒は怖くない。龍の咆哮など、力押しもいい所なのだから、ほんの少し流れを変えてやるだけで……。

全身をバネにして飛び上がる。大口を開けている邪龍の間抜け面に最大火力の魔法を打ち込もうと……。

（くっ。やっぱり、この体弱すぎる！　この程度の術式展開もできないの!?）

発動さえすれば。雲を突くほどの光線が放てるはずだった。しかし、ままならず、慌てて術式に変更を加える。

「食らいなさい！　＜氷の牢獄《ろうごく》＞！」

　今できる精一杯は……その顔を一時的に凍らせることだけだった。今更気付いたが……馬鹿にしていたわけではないが……魔王の娘の魔力は優秀だ。あらゆる属性に対応しているらしく、光属性の術式を一手間で水属性に変えることができた。

「はあっ――――！」

　そして、渾身《こんしん》の力で邪龍の頭ごと砕こうとして……。がちっ、と自らが作り出した氷にヒビさえ入れられず、私の拳は跳ね返された。

「い、ったあ……。もうちょっと鍛えておきなさいよ！」

　誰に文句を言っても仕方ない。だがどうする。あの氷の檻とて永遠ではない。すぐに破られてしまうだろうことは予想がつく。でも……これ以上、私には……。

「……お呼びかい？　お嬢さん」

　そんな、頭に響く声。使える手は全て使う。それが私の信条。ならば……。

　一気に跳躍して後方へ。湖を越えて魔剣があったそこにたどり着く。そして、触れるのも躊躇《ため》われるほど禍々しいそれに手を伸ばす。すると、呆気なくするりと岩の間から剣は抜けた。

「強いんでしょうね、あなた！」

「そりゃもう。魔の武器だぜ？　俺は」

　それは黒煙を発しながら、先端が太く長く伸びていき……突くも斬るもできそうな一本の槍へと変貌した。

「ほう。こいつぁ驚いた。俺の本来の形を取るとはねえ。ゲラゲラ。いい使い手に拾ってもらって良かったぜい。でも忘れるなよ。今この瞬間に、お前の破滅は決まったんだぜぃ!?」

破滅。破滅か。

「そんなもの……とうに見てきたわ!」

湖の向こうで再び応戦の構えを取る邪龍めがけて、飛び込む。

何かが違った。今までの力任せの跳躍ではない。湖をえぐり取るような軌道で私の体は飛翔し、瞬きの間に邪龍の懐に入ることができた。

「……覚悟なさい。今度は私の番よ――」

◇

邪龍の腹に、魔槍は驚くほどあっさりと突き刺さった。何という切れ味か。下手をすればそのまま柄まで体内に埋まってしまいそうだったので、刃が見えているうちに横薙《な》ぎに切り裂こうとして、ガチリと鱗《うろこ》に阻まれる。

「何が最強の槍よ!」

「いやあ、かの邪龍に一撃食らわしただけで栄誉だぜぃ? 流石に何でもかんでもバッサリとはいかねえよ。むしろ、あんたの目こそ驚いたもんだ。よく柔い部分を見付け出したねえ」

それは長年の戦いに費やしてきた時間がもたらした観察眼だ。龍型の魔物との交戦経験くらいはある。それに、どう見てもこの邪龍には理性というものがない。

「こんなイノシシもどきのデカブツ……。魔王軍幹部、ウロボロスの方がよっぽど手強かったわ！」

知らしめるのだ。いかなる暴力もただそれだけでは、それ以上の暴力に出会ってしまえばそれまでだ、と。

魔王軍幹部達は違った。あらゆる策略をめぐらし、攻めくる勇者達をいかにしても返り討ちにしようと懸命に戦っていた。だから私も、全力を以て相手するに値したのだ。

まだ成長過程だからとか。準備が整っていないとか。時期が悪いとか。そんなことを口にする前に。

「できることを、するのよ！」

その執念が引き寄せたのか、私の目に一筋の光が見えた。それは、昔から強敵との戦いで希《まれ》に見えるものだった。筋肉の動かし方、外殻《がいかく》の特徴、動き方の癖……そういったものを見抜いたような一撃までの道のり。

それを私は密かにこう呼んでいた。

「……＜曲がらぬ死線＞」

後はそれをなぞるように。予想外の直撃を受け、動揺していたのだろう邪龍はピタリと動きを止める。いや、違う。私が速くなってるんだ。

いつの間にか私は邪龍の尻尾にあたる部分にまでたどり着いていた。たまにあるのだ。こういう快感が。理想通りの動きができた時、会心の一撃を繰り出せた時。

久しく忘れていた。これが……勝利の喜び。

「……お前さん、一体今、何をしたんだ？」

そんな、ティルヴィングの声。そう言われても、私にも分からない。ただ、斬るべき箇所が見えた。それを言うなら、むしろあの鱗を切り裂いたティルヴィングの切れ味の方がよっぽど恐ろしい。

そして、どさりと大きなものが倒れる音。震動の中振り返れば、邪龍はその身を横たえていた。

「……死ぬ覚悟くらいあったでしょう。あなたも沢山殺してきたっていうんだし」

全身に倦怠感《けんたいかん》が広がる。自己治癒魔法を酷使しすぎたせいだ。それに、いかに最強の槍を以ってしても、あの龍の体を切り裂くのは、エリーナの体にはひどく負担のかかるものだったのだろう。

「あなた達、もう大丈夫よ」

いつもの癖で、先ほど射程外に吹き飛ばした魔族達にそう声をかける。だが……返事はない。いや、声は発していたのだけど、私の脳がそれを認識するのに時間がかかっていたのだ。

「ば……バケモノ……」

それは、邪龍を見た時以上の震え声だった。私は改めて今の状況を鑑みる。

伝説の邪龍の死体と、湖を赤く染めるほどの流血。そこに映る私は、まだ少女とも呼べないほどの年齢で……どす黒く染まった手には、禍々しい血まみれの槍。邪龍のブレスを受けた際の傷もまだ癒えきっていない。返り血と流血が混ざり合い、それでいて私の顔は……意識などしていなかったが、頬が裂けるほどの笑顔だった。

なるほど。なるほど……。腑に落ちて、そっと口元を手で覆う。もう手遅れだろうけど。

「……では、私はこれで」

　何だか胸に刺さった棘が抜けない感覚に耐えきれず、その場を後にしようとして……そこに誰かが立っているのが分かった。顔を上げるわけにはいかない。だが、無視するわけにもいかなかった。

「エリーナ様……」

　魔力の波動だけで分かる。エリーナの侍従……エルサだった。

　あれほど冷たくあしらってやったのに。見放してやったのに。懲りずにこの子は私を追ってきたのだろう。あの時と同じ、また必死に走って。飛べもしない体で。

「……エルサ。後処理は任せていいかしら。おそらく、あの邪龍の内部には大量の毒素が籠もっているわ。放置しておいては、害も出るでしょうから」

「エリーナ様……！」

　がばっ、と小さな体を抱えられる。こんなにも汚れてしまった私の体を。

「や、やめなさい。言ったでしょう。毒が……」

「こんなもの、エリーナ様の心の痛みと比べれば、何ともありませんとも！」

　エルサは、服どころか肌さえ煙をあげて溶かしているというのに、さらに強く私の体を。

「魔王様がお亡くなりになって不安になるのは分かります。一度死んだとすら言われるほどの経験をなさったのも理解します。ですが……ですがっ！　あんな危険な龍に、ただお一人で立ち向かうなんて……そんな悲しい自殺は、おやめください……」

「え、っと……。別に、死ぬつもりは。ていうか、離して？」

エルサは意外に胸が大きかった。人徳がなかったため、生前も女性との触れ合いをろくにしてこなかった私にはその感触は少々刺激が強すぎた。

「いいえ、もう二度と離しません！　私ではエリーナ様についていくことなどできないかもしれません……。ですが、置いていかれることは、あまりに悲しすぎるのです……。ですからどうか、そんな……何にも期待していないような、悲しい目をなさらないでください！」

その言葉はきっと、エリーナに宛てられたものだ。私に、じゃない。でも……心のどこかに響くものがあった。

魔物を討伐した後に畏怖を示す民衆の顔は見飽きた。何故通じないと必死に攻撃してくる敵の弱音も聞き飽きた。私の力に群がるだけの乞食の視線は、浴び飽きた。

だが……。本当に誰かのことだけを考えた、必死の哀願など、いつぶりだろうか。

このエリーナという魔王の娘は、愛されていたのだ。これほどの忠誠を誓ってもらっていたのだ。

それを……それを私は、何も知らずに……。その事実に、目頭が熱くなった。

「私はっ……一人で……誰よりも強く……そう、じゃなきゃ……」

「そんなあなたを、もう誰も放ってはおきません！　少なくとも、私がいます！　あなたについていくと心に決めた、私が……。ですからどうか、無謀な復讐だけは、今だけは……！」

ああ、と理解できた。魔王が死んだ途端に駆け出していった私の姿は、エルサからすればたった一人で父の仇を取りに行くように見えたのか、と。しかも、その弱さは先ほど実感したばかりだ。

たまたま邪龍の弱点が見抜けただけ。その奇跡がなければ私は確かに死んでいた。そして、私の

力を譲渡した勇者パーティの面々がどれだけ強いかも知っている。

確かに……今すぐどうこう、というのは無謀というより他ない。そういう意味ではエルサの言葉はまさに正鵠《せいこく》を射ていた。

「私は……戦わなきゃダメなの。そうじゃなきゃ、私じゃないの」

「いかなる戦士にも、休養は必要なはずです。私がそれになりましょう。エリーナ様……。あなたの、これからの生を支える者となりましょう。ですからどうか……」

ごめん。ごめんなさい。あなたのそのひどく温かい感情を受けるべきは、私じゃないんです。私はただ、この体を乗っ取っただけの身勝手な人間なんです。ごめんなさい。

「……ごめん、ごめんなさい」

「いいんです。お強くなられたんですね……あんな大きな龍を倒してしまわれるなんて、魔王様もお喜びになっているはずですよ。よくやりましたね」

『流石ですね、勇者様』。思えば、かけられてきた言葉など、そんな何の感情も籠もらないものばかり。だから、エルサの台詞一つさえ、他人に向けられたもののはずなのに、ひどく嬉しくて……。

そうだった。仲間が欲しいということは、つまり……褒められたかった。ただそれだけだったはずじゃないか。

――いいんだよ。勇者様。

その時だった。ぼんやりと瞳の奥に鏡で見たエリーナそのものが暗闇に浮くように立っているのが見えた。瞳は閉じているはずなのに。

――そのために、エリーナの体をあげたんだから。もう、泣いてもいいんだよ。

……私はついに、理解した。魂の『譲渡』など……そんなメチャクチャ、上手くいくわけがなかったのだ。きっと、腕も上がらぬほどの木か腐りただれた死体にでも落ち着くのがオチだったはずだ。

まさか、誰が思うだろう。敵方の魔王の娘が、人間の勇者の私の魂を拾ってくれるなどと。だが……身体の持ち主が許可し、もう止める術もないのなら……。

今だけは、私は泣いていいんだ。そう思えた。どうせ見かけは幼女なのだ。何の恥にもなるまい。もう、誰も私を放ってはおかない。その言葉を反芻《はんすう》して強く私の心を揺さぶる。一人でいるなど……子供の自棄《やけ》のような何かだった。

結局、泣き疲れ眠りに落ちるまで、エルサは何度も何度も私の頭を撫でてくれた。遠い昔、似たような感触を味わったような気がするが……どうにも、思い出せなかった。

◇

目が覚めると、ベッドの上にいた。それほど豪華な設備じゃない。ただ岩を積み上げてその上に柔らかい草を敷いただけの簡素なものだ。だけど、私の目覚めはひどく爽やかだった。

そして、思い出す。人目もはばからず大泣きしてしまったことを。そのシーンを思い起こし、私は一人赤面する。いい歳をした男があんな……。

と、そこでもう自分は今までの自分じゃないことも思い出す。今の私はエリーナ。魔王の娘……まだ幼く、発達しきっていない体に強さの高みに上ってしまった精神が宿るちぐはぐな存在であることを。

じゃあまあ、私があぁも泣いたことは恥じゃない。うん。きっとそう。

「エリーナ様、お目覚めですか？」

「あ……エルサ」

私を泣かせた元凶……という言い方は悪意に満ちすぎているが、純白の角を持った少女が木造のドアを開けて入ってきた。ひょっとして、私が起きるまでずっと待っていてくれたのだろうか。

「ご気分はどうですか？　どこか痛む所は？」

「あ、うん……。筋肉痛、くらい。エルサ、ここは？」

「エリーナ様が眠ってしまった場所からそう遠くない街の一室ですよ。満足な医療施設もなく不安でしたので、失礼ながら隣の部屋におりました。あんな大きな龍との戦闘の後ですもの。まだお疲れですよね。今、湯を浴びる準備をしますね」

そう言って、お辞儀を挟んでまたエルサは去っていく。見れば、まだ私の体は血まみれのままだった。流石にこれじゃあ外は出歩けないか。

「……ティル」

「何でい。そりゃあもしかして俺のことかい？」

だってティルヴィングって長いんだもの。

「あの邪龍は？　というか……エルサは、どうしてこんなにも」

「エルサ、ってのはさっきのメイドの子かい。そいつぁ知らないが、邪龍に関しちゃあの子は何も知らないみたいだな。元々が実在すら危ぶまれていた存在だから、このまま有耶無耶《うやむや》にしておくことを勧めるねぇ」

「そうなのかしら……」

「正体を邪龍と知ってそれを倒したあんたを拒絶する魔族の目を見たろう？　強すぎるってのは、時にゃ悪いことなのさ。最強の剣であるものが魔と呼ばれるのだってそうさ」

それは……生前に十分味わってきた。人間にとっては魔物、魔族にとっては人間という敵のいる世界じゃ、力を持つことは悪いことじゃないけど……理解の範疇《はんちゅう》外の暴力は、誰でも怖がる。

「……私はきっと、弱さを知る必要があるのね」

「ゲラゲラ。そんな小せえ体で何を言ってやがる。誰がどう見てもあんたは弱者だよぃ」

そうだ。せっかくそんな体になれたのだ。きっとこれは、大きなチャンスなのだ。生まれてより、才能にだけものを言わせて強くなり続けてきた私が掴んだ、一大転機。

……いや、違う。魔王の娘、エリーナが作ってくれた機会なのだろう。

「ねえ、ティル。あなたには聞こえた？　あの子の声……」

「そいつぁ、あんたが持ってる二つ目の魂のことかい？　珍しい魔族もいたもんだと思ったがね」

「やっぱり、エリーナはまだこの体に……」

「んん？　エリーナってのはあんたの名前だろう。どういうこってぃ？」

最強と呼ばれるだけの魔槍を以てしても、やはり魂の『譲渡』など理解できないらしい。私はこれまでの経緯を話した。どうせこの剣の声は私以外には聞こえないらしいし、問題もないだろうと。

「ははぁ……。魂の移植なんざ、人間の考えることは昔っから恐ろしいもんだねぇ」

「私だって必死だったのよ。で、どうなの？」

「あんたの言う声とやらは聞こえんかったよ。でも、あんたの中に二つの魂があることは分かってたぜぃ。なるほど、そいつが魔王の娘ってんなら、あの魔法の威力も納得だ。こいつぁおもしれぇ持ち主に巡り会えたもんだ」

面白がられても困る。あれからいくら呼べども、魔王の娘は反応してくれないのだ。私にこの体をくれたというあの言葉……。その真意を聞きたかったのだけど。

「なあ、あんた……。忘れてるようなら教えておくがな」

「なあに？」

「俺を手にした時点で、あんたは呪われちまった。俺には持ち主の悪しき願いを叶える義務がある。そこに制限なんて設けないぜぃ。でもな、三度使えばあんたは破滅する」

「覚えてるわよ。そんなこと。わざわざ繰り返してくれるなんて、随分親切なのね」

「なあに、俺も気に入っちまったのさ。あんたって奴がよ。それがつまらねぇ死に方されちゃあつまらんからな」

……槍になんて好かれても。まあ、どうせ手放せないなら嫌われるよりはずっといいか。

「そして、これが重要だ。実はこの『呪い』は、俺の生みの親から聞かされただけでよぅ。今まで誰も俺をあの岩から抜ける者はいなくてな。だから、俺も誰かに使われるのは初めてでよう。悪しきってのが、願いってのがどこまでの範囲を言うのか分かんねえ。あんたはこれからの人生、いい事ばかりするように義務づけられたようなもんだ。だから、安易に俺を頼るような……」

「心配ないわよ。ティル。あなたは武器でしょう。私が突いたものを貫き、薙いだ先を切り裂けば十分。自分の力で、できることをする。そんなこと……ずっとしてきたことだわ」

そう言うと、ティルは黙り込んでしまった。私もまだ疲れが抜けていない。再び瞳を閉じた。

（……エリーナ。あなたは、私の声に応えてはくれないの……？）

しかし、そちらからも返事はない。しばし、無言の音が室内に冷たく響く。やがて、エルサが再び部屋に入ってきた。

「エリーナ様、湯が沸きましたよ。体を拭きましょう」

「あ、うん。ありがと……」

と、そこで気が付く。もう以前までの自分の体ではない。一人称や口調が変わる以上の変化があったではないか。

自分の体を見下ろす。まだ膨らむものも膨らんでいないが、華奢な少女のものである。これまでは意識していなかったが……今でも精神は男のままであるつもりだ。湯浴び。つまりは自身の手で服を脱ぐということ。

……。それは、ちょっと、何というか、どうなのだろう。

「まあいいか。私、ロリコンじゃないし」

そう呟いた瞬間だった。何かひどく軽いものに後頭部を殴られたような感覚があった。内側から木の棒でつつかれたような、そんなものだったが、驚いて目を閉じてしまう。

――ダメです。体をあげるとは言ったけどそこまでは許してない！

どれだけ呼びかけても現れなかったエリーナ嬢は、そんな下らないことを言うためにまた私の意識に浮上してきたようだった。

◇

――次、右腕ね。一番血糊がこびりついてるから、よくこすって。

……結局私は、目をつぶったまま別室で一人、エリーナ嬢の指示に従って体を洗うハメになっていた。

「ねえ、エルサに洗わせるんでもダメなの？」

――私はエルサにも裸を見せたことはないの！　いいから、まだ汚れてるよ。

幸いにも、閉じたまぶたの裏には等身大のエリーナの姿があるのだから、合わせ鏡のように体を動かすだけで良かった。が……いちいち洗う度に柔らかな感触が伝わってくるものだから、目を閉じたことで一層私の心臓は鼓動を速くしていた。

「……ねえ、エリーナ」

――名前、同じになっちゃったから……レーナでいいよ。愛称で呼ばれるの、夢だったんだあ。

「じゃあ、レーナ。何で私に、体をくれたの？　魂を引き寄せてまで……」

単刀直入に聞いた。だけど、ここをハッキリさせないことにはいつまでも私の中のモヤモヤは晴れないままなのだ。

——……お父様を殺した勇者達に復讐したかったから、じゃ、ダメ？

「それなら、まず真っ先に殺すべきは私よ。あなたのお父さんにトドメを刺したのも、ずっと敵対してきたのも私なんだから」

しばし、沈黙。しかし、私の意志が曲がらないことを悟ったのか、レーナがため息を吐《つ》く仕草をする。

——レーナは……冒険者も魔王、お父様も嫌いだった。腕力がどうとか、魔法の威力がどうとか……。そんな話ばっかり。レーナはもっと平和な世界が良かった。だから……たった一人で平和のために戦うあなたの姿は、レーナの憧れだったの。お父様も、よく勇者様のことは褒めてたし……満足だったと思うよ。

……人類においてはただの暴力の塊にしか見えてなかった私が、まさか敵方の娘にだけ評価されていたなんて。笑える話だ。

——ずっと見てた。あなたは本当に誠実に、一生懸命で、強かった。なのに、誰にも理解されなくて……かわいそうだなって思って見てたの。がんばれって、いつも応援してたんだよ？

「……そっか」

自然と、言葉はそっけないものになってしまう。でも、内心は嬉しい気持ちでいっぱいだった。

だが、それを自分よりもずっと年下の少女にもたらされたことに戸惑ったのだった。だから、代わりに疑問を返す。

「あなたは、千里眼の魔法でも使えたの？　魔大陸からは随分距離があったと思うけど」

――うん。この目で見た一人に限り、だけどね。どこまでも追えたよ。

「……私と会ったことでもあったかしら？」

――……それは、秘密。

はあ？　と、つい目と口を開けてしまう。洗剤が口に入って少し苦かった。視界の隅に少女の肢体が映り、慌てて目を閉じると今度は目の中に洗剤が。ああ、こういう痛みには弱いんだよ私……。

「まあ、いいわ。じゃあ……目的を果たしたら、さっさとレーナに体を返すわね」

――ううん。それもいらないよ。勇者様を応援したいって気持ちももちろんあるけど……魔王の娘なんて、レーナ嫌なんだもん。戦《いくさ》嫌いの次期魔王なんて、きっと味方に殺されちゃうよ。

「そんなことないでしょう。もう魔王は倒されて、人類にも平和が戻ったんだし、城の再建でもして自由に生きればいいじゃない」

――じゃあ、勇者様がそうして？

再び声が漏れそうになって……先ほどの痛みを思い出し必死にこらえる。瞳の奥のレーナはおかしそうにクスクスと笑っていた。

――レーナには分からない。魔族として……魔王の娘として、平和を堪能できるなんて。危険ばかり背負ったそんな体、いらないの。

「でも、それじゃあ……私の気が済まないわ。他人様の体を乗っ取ったままなんて……」

焦りのまま口にすると、今度はレーナが寂しそうな顔をして胸の前で手を合わせる。私は、魔族がそんな……神に祈る信徒のような仕草をすることに驚いた。

——じゃあ、証明して。その体を持っていても、幸せになれるって。素敵な人達に囲まれて、優雅な暮らしができて、希望に満ちた……魔族でも、魔王の娘でも、幸せになれるって、レーナに見せて。その時、私の体を返してもらうか決めることにするよ。

「ちょ、っと……私の目的は復讐なのよ？　そんなの……」

——それも否定はしないよ。レーナも勇者様を裏切ったあの人達のこと、許せないし。だけど……それでも幸せになってみせて。

ひどい試練だ。心の底からそう思った。ただ最強たる力を取り戻して、パーティメンバーを皆殺しにしてレーナに体を返して終わり。私の人生はただそれだけだと思っていた。だというのに……幸せになれ、だって？　そんなこと、今まで……誰一人だって言ってくれなかった。ただ、見知らぬ他人を幸せにするのが私の使命だって……。

目が痛い。目が痛かった。だから思いきり頭から湯を被って泡を流した。何度も布で顔を拭って、ようやくそれを振り払う。今話しているのは幼女エリーナじゃない。最強の勇者なのだから、涙など流さないのだ。

「……いいわよ。やってやろうじゃないの。どうせ、私は清廉潔白《せいれんけっぱく》に生きていかないと破滅しちゃうみたいだしね。私を裏切って人類の平和を乱そうとする輩《やから》の後処理も、幸せな暮らしも……全部やってやるわよ。それが、『譲渡』を行使した私の責任なんでしょうね」

——ああ、そうそう！　魂の譲渡なんてことができるなら、レーナの魂も何かに入れて欲しいなあ。流石にエルサには事情を説明したいし。

「一度上手くいったからって、二度上手くいくとは限らないわよ？」

——いいよ。勇者様のことは信頼してるもの。なるべく弱くて、可愛い動物がいいなあ……。人間にも魔族にも思わず撫でられちゃうような、ふわふわしたもの！

「……そんなものになって、どうするのよ」

——だって、もう勇者様が平和を作ってくれたんでしょ？　それに、また危なくなっても勇者様なら守ってくれるもんね？

私は、レーナの浮かべた表情に久しく感じなかった怖気《おぞけ》のようなものを覚えた。ああ、何だこれは……つまり。

私が体を乗っ取ったのではなく、彼女に乗っ取られたということか？

その時、浴室の外からエルサの声が響いた。

「エリーナ様！　そろそろ終わりましたかー？　随分長いこと籠もっていらっしゃいますけど……身体がむしろ冷えてしまいます……」

「あ、うん。すぐ出る！」

会話の合間に、いつの間にか体についた血は洗い落とされていた。これが全て、湯浴びの最中に体を見せないようにするためのことだったとしたら……。それはそれで、空恐ろしい少女だ。

「全く、大変な人生になりそうだわ……。でも、やっぱりエイガーだけはどうにかしないとね……。せっかく作った平和だもの。あいつに乱されたまんまじゃ敵わないわ。元はといえば……私の責任だしね」

ひとまずの目標はそれでいいだろう。問題は、そこで『悪しき願い』を行わずに済むかどうか……。それはひとまず、考えないようにした。そこへ、妙に太いいい声が割り込んでくる。

「……平穏と復讐、かい。そいつを両立しようなんて無茶だよぉ。そんなことが可能な生物になった時点で……あんたは、とっくに破滅しているよ」

「……ティル」

「どちらかに目的を定めるべきだ。さもなければ……」

「何勝手に私より先に私の裸見てんのよ！」

とりあえず、柄を思いきり蹴っておいた。

◇

唐突だが、少し昔の話をしようと思う。といっても、本当に少しだ。私は元々、剣で攻防をこなし、魔法で惑わせ時にはトドメを刺すという基本的な魔法剣士の戦い方をしてきた。

盾を持たなかったのは、片手が封じられると魔法の威力が激減するからだ。魔法使いが杖を持つのと一緒で、素手で行う魔法も指先で照準を合わせ腕に魔法陣を展開させなければ使えない。

だから、防御はどうしても剣でいなすしかなかったのだ。それが剣同士の戦いならまだいい。だが、デカい打撃系武器を持つ相手には回避するしか手がなかった。腕力で押し勝つことができるとも限らないし、剣を折られでもしたら致命的だからだ。

だから、才能を譲渡した後の私は、回避術と魔法の最適化、勝負を決める瞬間……いわゆる隙をつくことを中心とした戦い方をしてきた。

「ハアッ——！」

だが、今は。武器は両手で持たざるを得ない大ぶりの槍。それを振るう私の体は筋力不足で、やや魔法特化している傾向にある。どちらも当たれば必殺の一撃のはずだ。だけど……長年の戦闘スタイルを変えるのは意外と難しいものなのだ。

私に剣術の才能があったからといって、それ以外に触れてこなかったわけじゃない。けど……槍を主体にした戦闘などいつぶりだろうか。

エイガーへの報復はなるべく早くしなければならない。だけど、今の私にはあまりに力がなさすぎる。そこで、修行の日々なのだった。よく考えたら、魂の譲渡をしてすぐに復讐しに行くのは、それこそ死にに行くようなものだった。……今では、そう思えるほどの余裕があった。

——お父様は、常時魔力を全解放しながら訓練すると扱える魔力量が大きく上がるとか言ってたよ。

魔族の訓練法とはそういうものか、とレーナのそんな言葉を信じて私も魔力を垂れ流しにしながら槍を振るっているが、これがまたキツい。運動エネルギーを通常の数倍も消費しながら無理矢理に全力以上の運動をさせられているようなものだ。全身に鎧を着込んで拘束されながら魔物を掃討《そうとう》する方がマシだと思えるほどに。

「……でも、効果は確かに出てるのよね」

最後の一振り。そこに纏《まと》わせた風が地面を大きくえぐる。数週間前は槍に振り回されるような格好だったものが、今ではきちんと攻撃の型にハマっている。ゼロから習得するのではこうもいかなかっただろうが、私は生前の感覚を今の体に落とし込むだけである程度は戦えるようになるのだから、何だかズルをしている気分だ。

しかし、そこで魔力が底を尽き、全身が千切れたような痛みを訴える。私はそのままその場に倒れ込んだ。

「お疲れ様です。エリーナ様」

ぜえぜえと息を荒くする私の隣に膝を突き、エルサが汗を拭ってくれる。だが、もうお礼を言う余力さえない。

「……今日の私、どうだった？」

ようやく息が整ったところで、ようやくそれだけ尋ねた。

槍を振るだけをひたすら眺めていてもつまらないだろうに、エルサはいつも私の修行が終わるまでずっと傍《そば》で控えてくれているのだった。

「はい。驚くべきというより他にない成長スピードです」

「お世辞はいらないわよ」

「初めはこの辺りの魔物が平気でうろついていたのに、今じゃエリーナ様に恐れをなして近づかなくなったのが何よりの証拠ですよ」

　確かに、当初はうっとうしいくらい集まってきていた魔物の気配はすっかり消え去っていた。おそらくは、邪龍を倒した時の魔族と同じような反応だろうと見当は付く。

「……できるだけ、影響の少ない場所を選んだつもりだったのだけど」

「はい。魔物はともかく、他の魔族もこぞって逃げ出すというほどではありません。魔力の抑え方も随分上達なさったんですね」

「そうね。槍を杖代わりにする感覚を掴むのに随分苦労したけれど……。おかげで魔力を向ける先はある程度コントロールできるようになったわ。魔力は指針を持って使うもの……それをむやみに振りまいても威嚇《いかく》にしかならないってわけね」

　槍は両手で振るわなければならない。だが、魔法を捨てるのはあり得ない選択肢だ。ならば、と思いついたことがあった。後衛の魔道士は両手で抱えるほど大きな杖を持つ。もちろんそれにも大きな意味がある。先端に嵌《は》められた宝玉には濃厚な魔力が詰まっており、それを大規模に展開するのだ。

　ならば、魔族特有の魔力タンクである角を持った私なら、全身から槍の先までを一本の杖にできないかと考えたのだ。すると、魔法の行使と近接戦闘が同時に行えるようになった。言葉にすれば簡単なことだが、これを実践するのに数週間の時間を要した。

「この俺と体を繋ぐほど使いこなすまでに、常人なら何百年もかかるって話さね。それをたったの数週間で一応の形にしちまうんだから、あんたはやっぱりすげえよ」

ティルの賛美も、聞けたのはつい最近のことだ。最初はどうしてそれだけの魔力があって大槍一本扱えないのかと怒鳴られてばかりだった。

「これで……剣聖とも戦えるかしらね」

「俺ぁ、その剣聖とやらを知らねえからよくは分からねえが……元はあんたの教え子だったんだろう？　当時の感覚を思い出せたなら負けるこたぁねえよ」

それは、ティルに宛てた言葉だったが、迂闊《うかつ》だった。ティルの声は私にしか聞こえないのだ。案の定、エルサは悲壮な顔つきで汚れを拭う手を止める。

「……帝都にいるという、勇者パーティ……今や代表の剣聖さんですよね。やはり、仇討ちをする心積もりに、変わりはありませんか？　どうしても……それは、エリーナ様が成されないといけないことなのでしょうか」

「……私には、その責任があるの」

安易な仲間欲しさから、自分の才能を『譲渡』し、生んでしまった存在。今どうしているかは分からないけど、処刑された時に見たあの様子から察するに、エイガーという剣聖が脚光を浴び、魔王討伐の功績を笠に着て何かをしていることくらいは分かる。

それが人類の真なる平和のために必要なことなのなら、私は別に構わないと思っていた。だけど……民衆に自分の罪を私に押しつけるための嘘八百を吹き込み、首に爆弾を仕込もうなんて人間が、そんなことを考えているとは思えない。

だから私は行くのだ。それを確かめるために。たとえ破滅に近づこうとも、復讐するに値するか否かを確かめなければ、私はいつまで経っても先へ進めない。幸せになどなれない。

そのための会話をするのにも、相応の力が必要となる。だから、修行なのだった。

「それは、魔王様を殺されたからですか？　でも、エリーナ様は……」

「分かってる。でも、やらなきゃ私の気が済まないの」

「……ふふ。また、そんな背伸びした言葉遣いをなさる」

エルサは私が動けないのをいいことに、その体をすくい上げて両手で抱きしめる。最近、この感覚が癖になりつつあるのか、意外と抵抗感はなかった。

「今後、エリーナ様はどのような立場となるか分かりませんが……。涙を見せてくださった仲じゃないですか。私のことはどうか、心の隅に置いておいてください」

あの一件以降、何だかエルサには逆らえない空気ができ上がってしまっていた。弱みを握られた気分だ。だが、そんなことは初めての関係性で、まあ、これも……悪くないのかもしれない。

しかし、口から出る言葉はやはり強くなってしまう。

「子供扱いしないで！」

「はいはい。すみません。では、お家に戻りましょう」

エルサは私の体を抱き上げたまま、仮住まいしている家の方向へ向かって歩き始める。何でも、魔王が死んだことで逃げ出した魔王軍の持ち物だったとか。それをしたのは他ならない私なのだから、これまた妙な感覚だ。

「……だったら、そうでもしなきゃ……誰も、許してくれないもん」

エルサの腕に包まれるといつも眠気が来る。彼女の華やかな香りがそうさせるのか、彼女が長年レーナに仕えてきた関係性の名残のようなものが私の体に残っているのか。それは分からない。

「誰があなたを許すまいと、私が許しますよ。こんなに懸命なあなたを責める者がいれば、私が叱ってさしあげます。帰りましょう。あの可愛いニャウちゃんが待っています。夕食、それに新たな鎧もでき上がっておりますよ」

エルサの声はまるで子守歌のようで。私は瞳を閉じた。もうそこにレーナの姿はない。彼女の魂の譲渡も既に終えているのだ。ついに、出立《しゅったつ》の準備は整ったといえる。

……。ここ数週間、修行しながら過ごす中で、私の中で一つの思いが膨らんでいた。

私は、人類の希望だ最強の勇者だと持ち上げられるままに、何て種族を殺し続けてきてしまったのだろう、と。いい奴もいれば悪い奴もいるなんて、当たり前のことのはずだったのに。それはきっと、これからの一生涯を懸け償わなければならない。そう心から思った。

◇

「にゃん」

家のドアを開けるなり、そんな鳴き声と共にもさもさしたものがエルサに抱えられた私の体の上に乗ってくる。そして、視界いっぱいに広がる茶色のナニカ。

「ニャウちゃん、今日もお留守番お疲れ様です」

ニャウ。それはこの世の何よりも弱いと言っても過言ではない生物である。

この世界の生物にはいくつかの分類がある。まずは人間。大陸一つを支配する最も強大な繁殖力と学習能力を持った生物。

そして、第二の勢力が魔族。生まれてより他の追随を許さない魔力を持つ種族だ。今となっては一概には言えないが……基本的に野蛮で力に素直。魔力が大好物で自分とは違う性質の魔力を持つ人間を襲うことで快楽を得る者も多い。

よって、この二種族はなまじ勢力は大きいだけに長く戦乱の時を経てきた。

続いて魔物。これは魔族の配下みたいなものだ。知性は弱く、代わりに単純な筋力が強い傾向にある。また、その形態も様々で……共通しているのは、魔族を襲わず人間を襲うことか。これは、魔力の性質の差のせいだろうという研究結果が出ている。

他にも亜人とか魔力を持たない獣とかいるのだが……。

最後に魔獣。普通の獣との違いは、多少喋れること。それ以外には、ぶっちゃけ「ない」と言われている。言葉を喋れるくらいの知能はあるので悪巧みをすることもあるが、魔物一匹にも勝てないであろう戦闘能力しか持たないため基本的に無害だ。

ニャウという生物は、この魔獣に分類される。修行中の私に無防備にもすり寄ってきた茶色い毛玉のような体躯に三角の耳。そしてパッチリと開いた大きな瞳。生涯で動物に好かれたことなどない私は、つい連れて帰ってしまったのだった。そして……。

「……よくこの魔大陸で、まだ生き残ってる魔獣がいたもんね」

「案外多いですよ。穏やかな子は魔族からも魔物からも無視されて生きていくってこと。でも……エリーナ様の魔力にも怯えず近づいてきたのは変ですね？」

そこはエルサも首をひねるところらしい。その間もエルサはニャウを撫でる手を止めない。というか、私を抱えながらどうやって……ああ、そうか。肘で抱えられるくらい私は小さいのか……。まあ、いいけど。私よりニャウの方に夢中でもいいけど！

「とりあえず、私を下ろしてくれる？」

「はっ！　すみません。つい……」

エルサはやや慌てながら私をベッドに寝かせてくれる。魔力回復には、休むのが一番なのだ。なまじ生前は限界まで魔力を使うということがなかったために、ドレインの術などの回復魔法は習得していなかったのだ。


「えりーな、修行、がんばった？」

しばらくエルサと戯《たわむ》れていたニャウ……つまりは、魂の『譲渡』を行ったレーナが、そう語りかけてくる。私の時は魂の共存を成功させていたレーナが、わざとなのかどうか分からないが、ニャウの魂とは混ざり合っているようで、レーナはやや片言になっている。ニャウ自身がこの程度の言語しか発せないのかもしれないが。

まあ、望んだのはレーナ自身だ。文句もないだろう。

「ええ、それはもう……。こんなキツいの、本当久しぶりよ」

強くなっていく感覚は気持ちいいものだが……今やっていることは以前の動きを取り戻すための修行。二度手間のような気がして楽しいものじゃない。強いて言うなら、非常に器用なことができる魔力を槍に纏わせる感覚は新鮮で良かったが……。

「しかし、魔族ってのは皆そんな思いをして強くなってんのかねぇ。魔力を使いきるなんざ確かに実戦じゃ考えられねえけどよぅ……」

「でも、レーナがそう言ったんだから……。ねえ、レーナ」

と、ティルの声につられてレーナに声をかけた瞬間、あ……やらかした。と思った。聞こえてなければ良かったが、エルサは小首をかしげて。

「その子の名前、レーナちゃんになったんですか?」

「え、あ、まあ……」

「ふふ。名前なんて付けないなんて言いながら、こっそり自分だけでそう呼んでるんじゃないですか。ずるいですよ?」

……まあ、そうか。まさか自分の主人がニャウになっているなんて発想が生まれるわけがないか。

「……この子が言ったのよ。レーナがいいって」

これは紛う事なき真実だ。

「はいはい。では、少しゆっくりしていてください。今、食事を温めてきますから」

だが、エルサはあしらうように言って去っていってしまう。

「もうっ。あんたのせいだかんね」

「くす、くす。えりーな、かわい」

「この……」

　この毛玉をどうにかしてやりたいが、生憎体が動かない。全く、この体に入ってからというもの……というより、それからの無様を見せて以来みんなに舐められっぱなしだ。

　全く……嫌になるわ。こんな距離感、私は知らない。どう接すればいいのかなんて、さっぱり分からないんだから。

「……悪くないけど」

「なにか、いった？」

「何でもないわよっ！」

　そう叫んだ瞬間、窓ががらりと開く。見てみれば、そこから美少年にも見える少女が行儀悪く窓枠に足をかけ入ってきた。頭にはくすんだ黒い角がぴょこんと二本生えている。

「帝都の情報お持ちしましたっすよー」

　彼女の名はキーパ。元魔王軍の諜報員《ちょうほういん》だ。種族は夢魔《むま》と呼ばれるものらしく、戦闘能力は皆無だが、代わりに∧夢渡り∨という固有の術を使うことができる。人間の夢を伝ってその夢を記録する能力で、情報収集するにはもってこいなのだ。

　この子を引き寄せたのは私……ではなく、エルサである。一言、人間の情勢が知りたいと言っただけで散り散りになったはずの魔王軍の配下を呼び戻してしまうとは、本当にエルサは何者なのだろうか。謎だ。

「っと、魔力切れっすか？　これは失礼しました。何か強敵との戦いでも？」

「問題ないわ。修行がてら魔力を全部使いきってただけよ」

「えぇ!?」

何故かひどく驚いたような表情をするキーパ。せっかく整った顔立ちなのに、まるで陸に打ち上がった魚のようだった。

「そ、そんな古くさ……古典的な、いえ、伝説の修行法をなさってるんすか？」

「……ちょっと待って。一般的なものじゃないの？」

「そりゃそうっすよ！　魔力なんて魔族にとっての生命線！　それが尽きた瞬間、絶えてもおかしくないんすから！　生き残れるのなんて魔王様レベルの人だけっすよ！」

私はため息交じりに……ようやく合点がいった。レーナは鍛錬嫌いの魔王の娘。確かに思い返せば、自分の父親がどうやって強くなったかしか語っていなかった。そして、エルサもまた魔王の近くにいた人物。そして私は魔王の娘の体を持っているのだから、誰も口を挟まなかったのだろう。

強くなることに必死で気付かなかったが、冷静になって考えてみれば、あんな急ペースで魔族が全員強くなれるなら人間など既に滅ぼされていたに違いないという話だ。

何て無茶なことをさせるのよ、と私はレーナを睨むが、彼女はもう私の枕元ですやすやと寝息を立てていた。

「……まあいいわ。おかげさまで帝都に行って帰ってくるくらいできそうになったしね」

「そんな簡単に言われるとあたしの立場がないんすけどねー……。で、帝都の剣聖の動きでしたよね。ようやく夢を掴めましたよ！」

そこだけ抜き出すと彼女が何か叶えたように聞こえるが、きっと〈夢渡り〉で剣聖……エイガーの元までたどり着けたということだろう。

「勇者パーティの奴らは、もう一緒には行動してないみたいすね。故郷に帰ったり、自分の領地を作ったりしてましたけど……剣聖だけは帝都に居座っているみたいっす」

それは好都合だ。やるならやはり各個撃破が基本だろうから。

「では、記録を再生するっすよ。夢魔のお手並み、どうぞご覧ください」

夢魔の種族は、渡った夢の記録を映像として他人に見せることができる。これが諜報員たる理由だ。知らず知らず、私の手のひらにはじっとりと汗がにじんでいた。首を切られたあの瞬間の燃えるような憎悪がフラッシュバックする。いや、見るのだ。その先を……。私には、その責任があるのだから。

——剣聖様、最近どんどん訓練がひどくなってないか？　まるで虐待だぜ……。

——見た目のいい女にはすぐ手を出すのやめて欲しいよな。最強の遺伝子が欲しくないのか、とか平和をもたらした人の言葉とは思えないぜ……。

やがて、民衆のものだろう多種多様な不平不満の果てに、映像の視界がエイガーのものに移り変わった。

◇

俺は剣聖。最強の剣術家だ。あの目障りな勇者サマがいなくなってからは、近接戦闘において俺の右に出る者はいない。全ては『剣術』の才能をくれた勇者サマに感謝だ。まあ、俺が殺したんだけどな。つまりは今はもう俺が最強ってことだ。

そうしたらどうだい。もう好き勝手し放題だ。右を見ても左を見ても質の高い女ばかり。女ってのは結局強い男が好きなんだ。あの勇者サマはその辺りが分かってなかったな。

だが、そんな至福の時間を邪魔する兵が部屋に入ってきた。

「剣聖様。また魔物の被害報告がですね……」

「うるせェ。そんなもんテメエらでどうにかしろよな」

「しかし、並み居る冒険者でも歯が立たないと……ここは、剣聖様のお力を、どうか……」

「冒険者でも兵でも好きに使っていいからよ。百人ででも囲めよ。それがみんなおっ死《ち》んだらちょっとは考えてやるよ。俺は魔王討伐で疲れてんだよ」

全く、不愉快だ。適当に数人の女を傍に集めて心を癒す。弱者ってのは惨めなもんだ。すぐに最強たる俺にすがろうとしてきやがる。

「そ、そんなことを国が許すはずが……！」

「俺の、魔王を討伐してきた俺の言うことが聞けねえってのか？　あー、だったらいいさ。すぐにでもこの国を出てってやらあ。それをテメエの一存で決めていいのか？　ああ？」

「それは困ります！　わ、分かりました……。当面は防衛に徹します……」

兵は肩を下げて去っていく。全く、水を差された気分だ。気分転換にまた剣術道場にでも行くか？

「お出かけですか？」

「ああ、また雑魚共に訓練つけてきてやるよ。あいつらがしっかりしねえから俺んとこにまで面倒事が来るんだろうが」

そう言って俺は、剣術道場を訪れる。この帝都でも最も大きな訓練施設で、日々多くの冒険者や騎士が互いを高め合うための場所だ。まあ、俺から見ればどれも等しく雑魚でしかねーんだけど。

「おら！　お前らしっかりやってっか！」

俺がそう声を張り上げただけで、館内にいた全員が訓練をやめて頭を下げる。ああ、これだ。これこそが最強の威光だ。

「おう、ギール。てめえ、まとめ役のくせにサボってんじゃねえのか？　魔物の一匹や二匹に手こずってんじゃねえよ！」

その中でも緑髪の短髪の男を殴り飛ばす。あくまでこの道場においてだが、最も強い男だ。そんな奴さえ、今の俺の前ではゴミも同然。

「……ウス。精進します」

だが、ギールはそれだけ低い声で述べて再び剣を持って訓練を開始する。まるで俺など眼中にないとでも言いたげに。それが気に入らなかった。

「いい機会だ。俺が訓練をつけてやるよ。テメエは真剣でいいぜ。俺はそうだな……この木の棒で十分だ」

そこから始まるのは、ただ強者による力の示威《じい》行為だ。時折こうしなければ、馬鹿な民衆は俺の強さを忘れちまうからな。全く、勇者を嵌《は》める時もそうだったが、あんな策で今までの畏怖を憎しみに変えちまうんだから、馬鹿なもんだぜ。

◇

「もういい」

私はそう言って、拳を握りしめた。途端に、その映像は途切れる。夢とは、妄想ではない。記憶の整理を行うものだ。だから、ここに映ったものは真実なのだ。

エイガー。お前は間違えた。力を持つ者としての在り方を。違うだろう。力は示すものじゃない。守るためのものだろう。それを……私が必死に築いてみせた平和への第一歩を踏みにじって……。

「ひっ……」

何が許せないって……そんな者を、この私が生み出してしまったということだ！　人徳もなければ見る目もなく育てることさえできなかったとは、本当に戦以外に能のない男だった！　その事実が何より悔やまれる！　何が冤罪《えんざい》を着せられて処刑されて悔しいだ……全部、自業自得じゃないか！

「エリーナ様」

その時、ふわりと私の体を包み込むものがあった。この香りは……と思考が逸れると、その隙に頭の上にぽすっ、と柔らかく温かい感触が。

「温かいご飯ができましたよ。食べなければ、魔力は回復しません。そのままでは戦えませんよ」

「えりーな。こわい」

「ほら、レーナちゃんもこう言ってますよ」

その言葉で、ようやく我に返った。見れば、あふれ出した殺気のせいでキーパはへたり込みガクガクと震えていた。

「……ごめん。ありがとうね、キーパ。状況がよく分かったわ」

「い、いえ……。流石、魔王様のお嬢様っすね。若い頃の魔王様のような覇気《はき》でした」

魔力を抑えると、ようやくの体でキーパは立ち上がる。同じ元魔王軍でも、やはりエルサなんかとは立場が違うのだろうか。

「エルサ。今度こそ私は行くわよ。あんな奴にやられっぱなしじゃいられないわ」

「……はい。もう、今のエリーナ様ならば大丈夫でしょう。この鎧をどうぞ」

そう言ってエルサが差し出してきたのは……小さな私の体にしても金属部分が少ない鎧だった。胸と恥部さえ覆えばいいのでしょう？　とでも言いたげな……一応肩や関節部分、特に足回りは意外とがっしりと作られているが……。まるでサキュバスが好きそうな衣装だった。

「えっと、鎧？」

「絶対にエリーナ様にお似合いです！　私、いつかエリーナ様が戦うことがあれば、こんな格好をさせてみたかったんです！」

そんな。着せ替え人形じゃないんだから。

「……あら、この魔力って……」

「ええ。エリーナ様が倒された龍から作ったものですよ。死してなお強固な鱗であったので、素材としても最高級でした。魔道皮膜を通すに十分な魔力もあったので、使わない手はないと！」

つまりは、邪龍の素材からできた鎧ということか。それは確かに十分すぎる防御力を持っていることだろう。魔槍を以てしてようやく切り裂けたほどなのだから。

余談だが、生きている魔物から皮を剥ぐのは非常に難しいが、死んでしまえば一流の職人なら加工は可能な程度に弱くなる。といっても、皮自体が弱くなるわけではない。生きているうちに発していた魔力がなくなることで防御力が低下しているだけだ。

「……まあ、使わないのはもったいないわよね」

何しろ、伝説と言われる邪龍の素材なのだから。エルサはそれを知らなかったようだけど、どこかに優秀な鎧職人でもいたのだろうか。

試しに、下着の上から着てみる。すると、肌が出ている部分も確かに一級の魔道皮膜が張られていることが分かる。その魔力の感触から、いかなる手を使っても中々貫けなかった魔王の鎧を思い出した。あれもきっと、こうした素材から作られたものなのだろう。

「すごいです！　とてもお似合いです！」

「おー、いいっすねえ。まさに魔に堕ちた戦乙女って感じっす」

魔族の感覚はよく分からない。だけど、鏡で見たその姿は……確かにまあ、可愛い、かもしれない。着ている当人からすれば気恥ずかしい方が勝っているが。

「では、食事にしましょう。今日はいいお肉がとれたんですよ。良ければ、キーパさんもご一緒に」

「まじすか！　エルサさんの料理、すっげえ美味《おい》しいから大好きっす！」

ぴょんぴょんと跳ねながらエルサの後についていくキーパ。レーナは依然として私の頭の上に乗っかったままである。器用なものだ。

「……ひょっとして、和ませようとしてくれたのかしら」

いや、と首を振りかけたが、エルサはそうした母性とでも言うべき温もりに満ちた人だ。案外、私の精神はとっくにエルサにやられてるのかもしれないな……と、一人苦笑した。

そして思う。準備はもう整ってしまった。そして、エイガーの振る舞いを許すことはできない。個人的にも、大義的にも。今でも私は心は勇者であるつもりなのだから。しかし……つまりは、あいつを、同族を殺すことになる。私はこれまで、いかなる悪党でも誰一人として人間を殺したことはない。それが私の誇りだった。

そうして帰ってきた私を……この空間は、また迎えてくれるのだろうか、と。その時の私は、心まで魔族に染まってしまうのだろうか、と。それを、勇者としての私は……許すことができるだろうか。それはまだ、分からなかった。

幕間　とあるニャウの話

吾輩はニャウである。性はメス、名前はまだない。魔獣たる我には力がない。それなのに、こんな危険な大陸に生まれついてしまったのが運の尽きだった。まだ生まれて間もないというのに親は目の前で魔族なる大怪獣に殺されてしまった。

この世は弱肉強食。それは本能として悟っていても、いざその時が来ればこんなにあっさりとしたものなのかと己の運命を呪ってしまった。こんな幼き身など食べても美味しくありませんよと訴えようとするも、その伝え方が分からなかった。

「おい、そっちも殺《や》るのか?」

「当たり前だろ。デカくなって復讐でもされれば困る。貧弱でも考える脳くらいはあるんだからな、こいつらは」

そうか。そう捉えることもあるのか。確かに、我が身は憎しみの炎に焦がされている。親の首を落とされた恨み、理不尽へのやるせなさ、圧倒的な暴力の前に屈しようとしている自分自身に。だが、復讐など……吾輩にできるわけがない。それこそ、強者にのみ許された特権だ。そう思っていた。

そんな吾輩が弱者として、自らの生の終わりを静かに悟り瞳を閉じたその瞬間だった。

「何してるんだ、お前ら!」

見知らぬ青年の声が聞こえた。魔族なる男二人がそちらを振り返ると、次の瞬間にはその懐に入り込んだくすんだ金髪の青年が、傷だらけの剣を彼らの喉元に突きつけていた。

「な、何だこいつ……」

「魔獣狩りの邪魔すんじゃねえよ！　おい、まさかたったそれだけの理由で本当に斬ったりしないだろうな⁉」

だが、青年はまっすぐな瞳で男達を睨み付けたまま、続ける。

「子供まで狩ることはないだろう。もう十分なだけ狩ったはずだ。別に俺も食料を調達することにまでケチはつけないさ……。だけど、お前らのなぶるような狩り方は嫌いだ」

「何だと、このっ……」

一人の魔族が腕を振り上げた瞬間だった。吾輩にも微《かす》かにしか見えない動きで青年はその腕を切り落としたのだった。そのあまりに鮮やかな手並みに、自分の命が風前の灯火だというのに吾輩は見とれてしまった。

「て、てめえ……！」

「おい。待て……こいつ、幹部様と戦ってるのを見たぜ……。勇者に関わりのある奴だ！　やべえぞ、逃げるぞ！」

そう言い残して、吾輩を殺そうとしていた魔族達は立ち去っていってしまった。青年は息をつくでもなく慣れた手つきで剣をしまうと、吾輩に向かって微笑《ほほえ》んで見せた。

「大丈夫か？　俺が来たからには、もう安心だからな」

「にゃあ……」

その言葉の力強さたるやなかった。不覚にもか細い鳴き声を漏らしてしまうほどに。命を救われたのだとようやく理解したのは、ユーシャと呼ばれた青年の仲間らしき人間が集まってきてからだった。

「勇者様、一人で突っ走ってどうしたかと思ったら……ニャウなんて助けてどうするんですかあ？」

「まったく酔狂だぜ。そんな弱っちい魔獣、ここで助けてもすぐに殺されるだろうぜ。見ろよ。ニャウっ子もあんたの強さにビビリ上がってんじゃねえか」

そう言われた青年は、少し寂しげに笑って吾輩の頭から手を離した。

「分かってるよ。昔から動物にも好かれない性質だからな。さあ、行こう」

違う、違うのだ。吾輩は礼を言いたくて……だが、言葉を知らないために黙ってしまっただけなのだ。

そうは言っても、ユーシャはもう立ち上がってしまっていた。そして、ぽとりと固形の膨大な魔力の籠もった食料を落として言った。

「そいつがあればしばらくは生き延びられるだろ。親を亡くした悲しみくらいは分かるけどさ。強く生きろよ」

吾輩はその魔力塊のあまりの濃度に驚愕して、また返事もできなかった。そして、いよいよユーシャ一行は去っていってしまう。

「この戦いが終わったら、俺もペットくらい飼いたいもんだなあ……」

「勇者サマになつくような動物がいれば、な」

　そんな声が遠ざかるのを見送りながら。吾輩は密かに決心したのであった。もしも誰かに飼われることがあったら、彼のような気高い人間を選ぼうと。我が主人として相応《ふさわ》しい者に出会えるその日まで、言われた通り強く生きようと。

◇

　そして果たせるかな、ユーシャの匂いを濃く持った少女に吾輩は巡り会った。時間の計り方など吾輩は知らないが、長かった。懸命なる鍛錬を重ねる少女を見ていると、あのまっすぐな瞳をしたユーシャを思い出して、つい近づいてしまったのだ。

　この身にレーナなる少女の魂を受け入れることを条件に、彼女の元で生きていくことになったのだ。

「初めまして、ニャウちゃん。これからよろしくね？」

　吾輩の意識にするりと入り込んできた少女はそう言った。吾輩はようやく覚えた言葉を駆使してコミュニケーションを取った。ずっと誰かに語りたかった、幼き吾輩を救ってくれた英雄について話すと、彼女は目を輝かせて言った。

「それって、勇者様だよ！　今、その魂はあの女の子の中にいるんだよ？」

「勇、者……様」

◇

それからというもの、退屈な時間はない。エルサという勇者様の侍従には可愛がられているし、それに対してレーナも喜んでいる様子だった。

「みんなを助けてくれた勇者様がね、今度こそ自分のために生きようとしてるの。だから、私達は精一杯応援してあげよ?」

レーナはそう言った。言葉の奥底までは分からないが、それには同意する他ない。

吾輩が一人でいると、勇者様はキョロキョロと周囲を見渡しながらこっそり近づいてきて、吾輩の毛をもふもふとひたすら揉みたくって満足そうに鼻息を荒くしていく。吾輩にはまだ戦う力もないが、勇者様の心の癒やしとなれるなら、それもいいのかもしれない……。

一つだけ残念なのは、誰にも見られていないと思って表情をだらしなくする我が主人を意識下でレーナと二人で見守って笑い合ったことを、誰とも分かち合えないことくらいだった。

第二章　剣聖の運命

作戦決行の日はついに来た。魔王城の廃墟の地下にあった転送陣で魔大陸から人間の住む大きな大陸へひとっ飛び。なるほど、こうして魔族は人間の地に侵攻してきたのか、と密かに納得しつつ大陸の端っこへ。

「……酔った」

「だから無理についてこなくていいって言ったのに……」

やることはざっくり言うと帝都へのカチコミである。どう見ても戦闘タイプではないエルサは流石に連れていくことができなかった。

『それでも心はあなたのお傍におります。それを忘れないでくださいね。エリーナ様』

そんな言葉を投げかけて、私を送り出してくれた。

魔王の娘として、対人間の反乱軍でも組織すれば話は違っただろうが、今回の目的は人類撲滅ではない。エイガーへの天誅《てんちゅう》だ。私一人で十分……と言ったのだけど、レーナだけはついてきていた。

「かくれてるから。見てる」

とのことだった。これから超高度を飛翔して、帝都まで最短距離で向かうつもりだが……まあ、変装のための襤褸《ぼろ》ローブのフードの中にいれば安全か。

風魔法と魔道障壁を駆使した空中移動は、通常ならそう長くは保たない。だが、魔王の娘たるエリーナの魔力と私の最適化が合わされば、転移先のここから帝都まで一週間もあれば着くだろうことは大陸の地図を頭にたたき込んでいる私には分かる。

そして、魔力を十分に回復して……片道十日ほどなら十分すぎる。帝都を出発して徒歩で一月かけて大陸の端まで。それから船で……という移動手段を取っていた勇者時代では考えられない強行軍だ。

しかし……これなら魔王はその気になれば私達が移動している間に帝都のみならず人間を陰から殲滅《せんめつ》することもできたはずだが……。

いや、彼はそんなことをする男じゃないか。純粋に強者と戦うことを喜んで玉座に座っていた節がある。

◇

「……誤算だったわ」

私は帝都の巨大な門を前にして頭を抱えていた。人間の住む大陸は広大だった。飼い慣らした龍で飛んでも数ヶ月はかかるだろう広さはあるのだ。だというのに……。

「何で二日で帝都まで着くのよ！　しかも魔力切れなんて一度も起こさなかったし！」

いくら私が魔法の扱いに長《た》けているといっても異常事態だった。魔法を使えば魔力は減る。休まなければ魔力は回復しない。それは当然だ。

「レーナの。魔力」

「うん？　確かにあんたの体の魔力はすごいけど……魔族が皆こんなだったら人間程度が長きにわたって戦えてるわけないわ」

　自分の力を理解できないことほど恐ろしいことはない、と思う。いざという時想定通りの力を発揮できなくても問題だし、予想外の力を出してしまってもよろしくない。

「……いやいや、魔王の一族ってのは本当にデタラメなもんだ。その猫……レーナっつったかぃ？　あんたが風魔法を使う度に魔力補給をするばかりか、その威力を高めていたぜぃ？」

　そんなどこか引いたようなティルの声。だけど、まさかという思いだった。レーナは確かに元魔王の娘だが、今はただの魔獣であるニャウの体に入っている。魔獣にそんな魔力が備わっているわけがないし……。

「魔力。送る。しか、できない。でも、もっと。いつか」

「……まあ、便利なことには変わりないわね。ここからは、私一人で行くわ」

　元々、帝都には一人で乗り込むつもりだった。何も、帝都を丸ごと焼き尽くそうというわけではない。ちょっと騒ぎを起こすだけだ……剣聖を陥れる程度の。

「……私ならやれる。いつだってそうしてきたもの」

　つい、昔の癖でそう呟いた時、二つの声が飛んできた。

「おいおい。この俺を差し置いて一人たぁ何てことを言うんだ。武器にだって知性があれば仲間だろう？」

「……ぜったい、かえってきて」

……。そうだった。本当に私は迂闊《うかつ》だ。もう今までの私じゃないんだ。私には……帰る場所、心から信頼してくれる人ができたのだった。

「ふんっ。まあ、否定はしないでおくわ」

次は、言葉を素直に出す方法でも模索してみようかしら。

私はレーナをそっと草陰に下ろすと同時に、耐衝撃の結界を張って動かないよう命じる。そして……身を包む襤褸のローブをきつく纏わせ、大きなフードを頭の角ごと隠すように被る。そこにはレーナの匂いが満ちていて、それに心を押される気分で一歩を踏み出した。

目指す先は、門番の立った大正門。実は、帝都に侵入するならここが最良なのだ。見えない球状に張られた帝都全体を包む結界を突破するのも一苦労だし、正門以外から入った時点で即座に帝都全体に警報が鳴るようになっている。そこまでの騒ぎを起こすのは、今じゃない。

すう、と一呼吸。足をもつれさせながらゆっくりと門番の元へ近づいていく。

今ここで決めなければ私はそれまでだ。ここでできなきゃ私の生きてきた意味などない。あらゆる経験を積んできた。その培った全てを今ここに——！

「あ、あらー。困ったわ。ママが中にいるのに、入場証をなくしてしまうなんてー。魔物に襲われて、命からがら逃げてきたのにー。い、いたいー。すぐに治療を受けないとー」

誰に言われるより先に言おう。これ以上ない棒読みだった。これに騙される馬鹿がどこにいるという……。

「おい、君！」

門番の一人が声を張り上げる。やはり、ダメか。こうなったら実力行使で……！

「大丈夫か。そんなボロボロな姿で……まだ幼いじゃないか！　お母さんが中にいるんだな？　大変だったな」

馬鹿がいた！　すげぇ！　帝都の門番とかやってて大丈夫かこいつ！

「ゲラゲラゲラ！　やっぱりあんたは最高だぜぃ！　く、くっくっく……。誰かにこの醜態《しゅうたい》を話せないのが残念すぎる……！」

うるさい。演技の稽古なんて勇者がするわけないでしょうに！

一人の門番はそれで騙せたらしいが……この国、大丈夫だろうか……。もう一人が眉をひそめて言う。

「付近の魔物はあらかた討伐してるはずだぞ。なのに……噂のアンデッドじゃないか？　ちょっと詳しい話を……」

「あ、ああ。それもそうだが……母親を捜してやるのが先だろう？　聞ける情報も聞けないぞ」

「いやしかし……そうだ。顔認証をしよう」

その単語にビクリとする。顔認証なんて……そんな精密な魔道具、一般の門番が持ってるわけがない！

かつて人間同士の戦争の際、国の王が影武者かどうかを確かめるために生まれたものだったが、似ている顔の人間などいくらでもいるもので、数万からなる分析をするため莫大な魔力を込める必要があるのだ。そんなものがどうして……。

そこで思い至る。そうだ、勇者パーティは散り散りになったとはいえ……何もせずに去っていったわけじゃないはずだ！　『創造』の才能を、まさかそこまで磨いていたとは！

「……おじさま」

覚悟を決めよう。何、少し計画が前倒しになるだけだ。そもそも、無傷で門を突破できるなんて思ってなかった……相手を無傷にしたままなんて、ね。

「ごめんあそばせっ！」

右手に瞬時に展開した水魔法、∧陸の海流∨を、顔認証をしようと言った門番にぶつける。うねる水流は重たい鎧を着込んだ兵士を門の端に叩きつけるまで止まらない。

「兵士さん。ありがとう、心配してくれて」

もう一人が呆気にとられている間に、ローブを脱ぎ捨て叩きつける。多少もがいた程度では剥がせないだろう。そのために穴だらけの襤褸を持ってきたのだから。

「さあ、行くわよ。ティル！」

「結局は実力行使が一番手っ取り早いわなぁ！　でも忘れるなよぉ。死ねと心に願えば、あんたのこれは破滅への第一歩だ！」

「問題ないわ。だって……そのための訓練だったんだから！」

そう。修行が数週間にもわたったのは何も純粋にこの体に戦い方を馴染ませていただけではない。

強すぎる力を振るっても『うっかり殺さない』ための修行だったのだ。

「ま、魔族だ！　魔族が出たぞ！　警報を鳴らせ！」

いいぞ、騒げ騒げ。誰一人殺さず、かつ自身も傷つけず、目標は絶対に達成する。

「ゾクゾクするわね……！」

トップスピードに乗ったまま、城下へ続く橋を踏破する。この辺りにいる人間は皆、行商人や狩りへの出立前後の冒険者達。とても対応しきれないはず。

そしてすぐに城下の広場までたどり着く。住民を攻撃してこない魔族への対応なんて皆知らないはず。だから反応が遅れる。だからこそ、一瞬の間ができる。

「私は元魔王軍！　この地に住む剣聖と一騎打ちを申し込む！」

魔力のブーストも込めて最大限に声を張り上げる。レーナは平和がいいと言った。だけど、残念ながら私は戦いのない和平などあり得ないと思っている。だから、これはその折衷案《せっちゅう》だ。

「ふ、ふざけるな！　剣聖様には指一本触れさせんぞ！」

「皆囲め！　相手は子供がただ一人だ！」

そうして私が敵意を持ってることをようやく理解した兵士達や冒険者が群れを成して向かってくる。帝都に住むことができる冒険者、仕えることができる兵はどれも一流だ。

だけど。私の方が強い。

「邪魔するなら容赦しないわ！　〈魔炎〉！」

見た目は派手な黒炎を槍に纏わせ、薙ぎ払う……が、多少の火傷は負わせてしまうかもしれないが、致命傷には至らない程度に。

「ば、馬鹿が。そんなに強くねえぞ！　みんなでやっちまえ！」

このまま弱い魔族として、しばらくはそうしている。見た目もこんなんだ。油断はしてくれればしてくれるほどいい。

「私は勇者。罪無き者、弱者は傷つけない。狙うのは……大将首一つよ」

ティルヴィングを一振り。巻き起こる風で五十を吹き飛ばし。二振り。流れ出す水で百を叩きつけた。だが、この街の戦士はそんな程度の攻撃では怯《ひる》まない。それでいい。あくまで私は愚かにも力無いままで帝都の中心まで乗り込んできた魔族でなければならない。

「わ、私の魔法が通用しないなんて！　何て街なの⁉」

多少はマシになったが、やはり棒読み。そして、四方八方から斬りかかってくる剣を紙一重で避け、時には鎧で受け、逃げ回る。そんなことを数時間は続けていただろうか。一際野太い声が響いてきた。

「テメエら、昼間っからそんな雑魚相手に何やってんだよ。ったく、めんどくせぇ……。弱小魔族が紛れ込んだくらいで騒いでんじゃねェよ」

……。そうだよな。出てくるしかないよな。数多の冒険者、騎士兵士でも一撃を食らわせられない魔族。それでいて見た目はまるで紙装甲。誰もが思うだろう。避けることと牽制が得意なだけの雑魚である、と――。

なら、これ以上騒ぎを広げないよう、国から剣聖様の出陣を命じられるはずだ。それが強者として国に居座る者の仕事なのだから。本来、強者の示威行為とはそうした事態に行われるもの。

「俺と一騎打ちだぁ？　バカな魔族もいたもんだ。魔大陸での俺の強さを見てなかったってのかよ。クソ、胸くそ悪ぃな」

酒焼けしたような声にくすんだ赤髪。わざと残された傷跡。十人ほどの女を従えて、眠たげな垂れ目。それを見た瞬間、あの日の雨の感触がフラッシュバックする。それだけで全身の血が逆流したような怒りが湧き起こる。

あの日、あの夜。私を嵌めたな。悪行も失態も全て私のせいにして、一人栄光を掴む道をたどったな。暴力と策略を以て私を陥れると決めたんだろう。だったら……。

今度は、お前の番だ。エイガー。私が前に進むためにも、帝都のためにも……決着をつけよう。

◇

魔王と勇者の戦いではないのだから、名乗り上げなど必要ない。私はただの名もなき魔族。それも、とびっきり弱く見えている。

「剣聖様、そいつ弱っちいけど素早いですぜ！」

「んなもん言われなくたって分かってて……っ！」

そんなものが、ひとっ飛びで懐にまで潜り込んできたのだから、エイガーも言葉を止めざるを得ない。槍のリーチでもしかしたら傷の一つも与えられないかと思ったが、その寸前で横に弾かれてしまった。

そう上手くはいかないか……。だけどエイガー、あんたのその焦った表情を見るだけで奇襲した甲斐があるってもんよ。

「あんたが魔王様を倒したって？」

「そ、そうだ。俺こそが最強の剣聖だ！」

振るわれる必殺の一閃《いっせん》……のはず、だったのだろう。しかし、エイガーの剣はゆらりと重力に従って地に落ちる。エイガーはそれに大層驚いたようで、敵を前に動きを止めてしまう。

「な、何だ。テメエ、何しやがった⁉」

私は言葉を返す代わりに頬をつり上げて……手のひらに光の玉を浮かべる。中心に盾を貫く剣の紋章を浮かせた、光り輝く『才能』。かつてエイガーに私が与えた才能だ。

『譲渡』の真髄《しんずい》とでも言うか、一度自分のものにしたものを自由に操れるという能力がある。ならば、元来は私のものである『才能』など、手の先が触れることさえできればいつだって取り返せるのだ。

「テメエっ、それは……！」

「いいじゃないの。しょせんは借り物でしょう？　一つ、試してやろうと思ってね」

だが、しょせんそれは才能だ。人の成長を助け、高みへ上るための階段。既にエイガーがその階段を上りきっていたなら、私の計画は……最終段階へ移行することになる。それはできれば避けたかったが……どうやら、杞憂《きゆう》なようだった。

私はその『才能』を魔力を込める宝石――魔王城からかっぱらってきた一級品だ――に収める。

元より、もう私には必要のないものだから。

「だけど……あなたにとってはどうかしらね。剣聖様？」

「ちっ、クッソ……。返しやがれ！」

何が起こったのか、エイガーだけが理解していたことだろう。

民衆は知らない。勇者のパーティが勇者一人の才能を分割して作り上げられたものであることなんて。仲間だって表立って言おうとは思いもしなかった。当然だろう。誰だって自分の功績は自分の実力で作りたいのだ。

「ティル、遠慮はいらないわ」

「おっ、ようやくかい」

ティルは外見には何の変哲もなく……それでいて、今まで繋がれていた鎖から解かれる感覚を私に伝える。そう、今までは刃引きどころか、頑丈な鎖を巻き付けて槍を振るっていたに過ぎないのだ。

槍は真なる魔の力を発揮する。その動きはもはや誰の目にも止まらぬほど。

「連、連、連……」

槍の素振りが速くなる毎にその矛先は一つが二つ、二つが四つと増えていく。

無駄に大きな剣など持っているものだから、エイガーの動きはもはや止まって見えるほどで。今の私には無数の〈曲がらぬ視線〉が見えていた。つまりは、隙だらけだった。

だけど、そう簡単に殺してなるものか。今まで培ってきたもの全てが崩れ落ちる様を見せてやろう。

「＜連撃＞」

それは剣術において基本の型。攻撃と攻撃を繋げる理想の動き。だが、それを私が行えば話は違う。一度前に突き出しただけのように見えた槍はまさに縦横無尽に走り回り、エイガーの纏う重厚な鎧を魔道皮膜ごと切り刻んでいく。

その間、ただの一太刀すらも飛んでこなかった。エイガーはただ闇雲に剣を振り回していただけ。もはやそこに剣術と呼べる太刀筋はなかった。

……。残念だ。残念だった。それ以上に悲しかった。もっと力が欲しいと言った時のエイガーの方がまだまともな剣の振り方を知っていた。自身を磨き抜こうとする気概があった。

それを、私が潰したのだ。『剣術』の才能を与えたばかりに……彼から努力を奪ってしまったのか。

「け、剣聖様！　真面目にやってくださいよ！」

「そいつの槍なんて、ナマクラもいいところですよ。いつも俺達をコテンパンにしてたじゃないですか！」

一方的に剣聖が攻撃され続けるという光景に、流石に兵達も黙ってはいなかった。だが、もはや加勢しようとする者はいない。それは剣聖に対しての無礼にあたるから。

「くっ……何で届かねェんだよ！」

エイガーもその声に顔を真っ赤にして飛びかかってくる。その辺りの身体能力も……今では一般人並みだった。つまりはそれが……『剣術』の才能を失った、かつての仲間の実力だった。

「……あなたと私の条件は同じだった。あなたが努力を怠るからよ」

「あァ!? 俺が最強なんだ。努力なんているか！ くそ、返せ、返せよぉ！」

かんしゃくを起こしたような大振りの一撃が振るわれる。大剣に振り回されるような、不格好なそれを、私は……槍を下ろし、待ち構えた。

「お、おいあんた。何やってんだぃ。いくら何でも……」

ティルのそんな声の途中で、ガキィン、とひどく重たい音がする。私が添えるように差し出した手の中に、剣聖の剣は収まっていた。

剣聖の意地か、名剣のおかげか、火事場の馬鹿力かは分からなかったけど、私の手のひらに一筋の血が流れる。拭えばそれまでの滴は、きっと私が流した何かだった。

「悲しいわね、エイガー。才能さえあれば何でもしていいわけじゃない。何でもできるわけじゃない。私はそれを教えられなかったのね。弱いって、悲しいわね」

独り言のように漏れ出たそれが、エイガーと私、どちらに向けたものだったのか……。私にも分からなかった。

だが、今なら弱者の気持ちは分かる。そう……結局、死ぬまで馬鹿は治らなかったのだ。

「せめて、私がその責任を取るわ」

エイガーを華奢な右腕で剣ごと持ち上げ、槍を短く持って横薙ぎに。舞う血しぶき。ついに砕ける鎧。名剣だけは無傷のまま……エイガーは広場に転がり落ちるように動かなくなった。

殺したわけじゃない。ただ衝撃に耐えきれなくなったか久しぶりの傷に気絶してしまったのだろう。

「け、剣聖様が負けた……？」

「嘘だろ。あの魔族、魔法すら使ってなかったぞ……」

「単純な剣術で負けたってのかよ。嘘だろ。そんなもんだったのか？」

周囲の混乱はもはや極限に達しているようだった。それはそれだろう。自分達でも十分圧倒できていた魔族に、自慢の剣聖様がただの剣術勝負で負けてしまったのだから。

もう誰もエイガーを剣聖とは呼ぶまい。それだけ惨めな姿を見せられれば、百年の何とやらも冷めるというものだ。

エイガーはもはや、己が罵った弱者として生きることを余儀なくされた。

だから私は、追い打ちのように声を張り上げて叫ぶ。

「こんなのが剣聖？　笑わせないでよね！　本物はどこよ!?」

誰も、もはやエイガーを指さす者はいない。あまりに急激な力関係の変化についてこられていないのだ。もし、今動ける者がいるとするなら……。

「イキがりすぎだぜ、お嬢ちゃん」

「ぐっ……！」

私は背中から袈裟《けさ》斬りに剣戟《けんげき》を受けてゴロゴロと広場を転がって振り返る。そこには、緑髪を短髪にした一人の剣士。その姿を見て、うっかり笑みを零さないよう必死だった。

来たか……。ギール！

もしこの時代に勇者という俺がいなければ。帝都に剣聖が居座らなければ。間違いなく賞賛されてしかるべき、裏切らない努力に裏付けされた確かな実力を持っている傑物だ。

私だって彼の存在は知っていた。覚えていたのは、何でもない酒場で偶然交わしただけの会話。

『なあ、もしお前が俺の剣の腕を使えるようになるって言ったらどうするよ？』

『勇者様。ありがたい話ですが……俺は、俺の力だけでどこまでやれるかやってみたいんです。そんな奇跡があっても、いりませんよ』

そんな、ストイックな男なのだ。ならばこそ……次の世代を引き継ぐに相応しいと考えた。

「剣聖様が倒されたってんなら、次はまあ、俺だろうよ……」

ゆらりと隙のない構えを取るギール。まあ、一太刀受けたらとっとと逃げて……、と思考した一瞬を、熟練の彼は見逃さなかった。

「〈龍暴斬《ろうぼうざん》〉！」

瞬きの合間に駆け寄る身のこなし。動きの一つ一つがいくつもの斬撃へ繋げるために計算し尽くされている。

ああ……そうか。あなたには手加減なんて必要なかったか。魔王討伐に私が出かけている間も、ずっと鍛錬を積み重ねてきたのね。冒険者として、帝都を守るために。それでいい。そうでなきゃ困る。

「ギールさんばっかりにゃ任せてられねえ！　俺も行くぜ！」

「皆、全力で支援しろ！　ギールさんは俺達の希望だ！」

「剣聖様が倒れた今、あいつに懸けるしかねえよ！」

……。いいなあ。やっぱり、人徳ってのはある人にはあるもんだな。まあ、もう今の私は羨ましいとは思わないけれど。

だから私は負ける。才能の差でも努力の差でもなく、人徳の差で負ける。これからの帝都を守っていくのはきっと私でもエイガーでもない。ギールのような人望厚い実力者達だろうから。それはきっと、千の壁より強固になるだろう。

「くっ……こんなに強いのが出てくるなんて、聞いてないわ！」

私は退却の構えを取る。だが、それをそう簡単に許す熟練達ではない。ギールを筆頭にした軍とも呼ぶべき集団相手じゃ、加減したまま相手することなどできない。だけど、私は弱い魔族のままこの場を去らねばならない。そう、これが人間の強み。連携など知らぬ魔族からは考えられない強さ。

私が、憧れた強さ……。

「……∧飛翔∨」

「空に逃げたぞ！　射手！」

「……必要ねえ。俺がやる」

上空へ逃げた私を、ギールが壁を蹴って高く跳躍し、必殺の一撃はもう目と鼻の先に。私は思わず呟いていた。

「……頑張れ。真の勇者」

「……っ！」

その一言を聞いたギールは目を見開き、急所を外し鎧に剣をぶち当てる。だが、それで十分だった。私は空中できりもみしながら飛んでいく。

作戦の成功を喜びながら。

そう、ここまでの全ては茶番だ。荒れさせてしまった帝都の安寧《あんねい》を祈る、私にできる最後の抵抗。

この先はきっと、剣聖でも敵わなかった魔族を退けたギールを中心に国策は進むはずだ。いや、そうさせる。だって……。

「真の復讐は、ここからなんだから……」

◇

数日後。私はまた……いや、まだ帝都内にいた。帝都の地図なら頭にたたき込んである。かつて使っていた隠れ家の場所程度、思い出せないわけがないのだ。

「ここは荒らされてなくて良かったわ」

私がかつて帝都で使っていた家などはとうに燃やされてしまっていた。まあ……世界各地を荒らして回った大罪人の扱いだ。当然のことだろう。不思議とそこに怒りはなかった。だだっ広いだけの、血まみれのまま帰ってくるだけの家だった。もはや何の愛着もない。

「……私って、そんなに淡泊だったかしら」

ふと、そんなことを思った。そんなに割りきれる人間が……自分の才能を受け渡す術を創り出してまで仲間を作ろうと思っただろうか。

「そろそろ時間ね」

自分探しに出るにはもう遅い。考えるのはやめることにした。数日を帝都で過ごしたのには理由がある。

「剣聖の兄ちゃん、随分とひでぇことになってんなあ。帝国の英雄が今やリンチの対象だぜぃ」

「そうするように仕向けたんだから、当然でしょ。何のためにあんな茶番をしたと思ってんのよ」

「街でふんぞり返って好き勝手してた奴が実は弱かった……ってか」

「それも、エイガーがきちんと強者の責務を果たしていれば不満の芽が出なかったはずよ。私を殺してまで取り去った鬱憤を、また自分で溜めてたんだから……自業自得ね」

鎧の具合を確かめ……きちんと固定されていることを確かめるとティルヴィングを手に取る。

「これで、あんたの胸の内もちぃっとは晴れたかい？　聞いたかよぃ。剣聖の兄ちゃん、決闘の負け続けで私室に引きこもってるって話じゃねぃか。ゲラゲラ」

「……胸の内が晴れる？」

一瞬、言葉が詰まる。

そのためにこうして来たはずだった。そしてこれから最後の決着をつけにいくつもりだった。だけど……その言葉を聞いて、ちっとも私の胸のモヤモヤは晴れていないことに気付く。

やられたんだからやらなきゃ。責任だから。そんな気分でここまで来たけれど……。

私はこのまま奴を殺して、胸を張れるのだろうか。

「……行くわよ」

「おうともさ。今度こそ俺の出番がキッチリあることを願うぜぃ」

隠れ家には地下通路を通しており、城まで行こうと思えば行くことができる。だけど、エイガーの私室ならそこまで深部には潜らなくてもいいだろう。

◇

「くそっ、くそ、クソがぁ！　何で俺がこんな目に……。あの魔族が弱えだって？　馬鹿言うんじゃねえよ。ギールのクズにやられるような魔じゃなかったはずだろうがよっ！」

眼下から聞こえてくるエイガーの罵声。まさかその魔族が今自分の部屋の真上にいるとは夢にも思うまい。

「〈人払い〉」

私は警報避《よ》けと多少の騒ぎなら遮《さえぎ》ってくれるだけの結界を張った。しかし、その感覚でエイガーには存在を気付かれる。

「誰だっ！」

「ごきげんよう。剣聖様？」

部屋の天井をぶち破り、エイガーの目の前に降り立つ。血走り見開いたその目に映るは恐怖。

「て、テメエのせいでぇ――――！」

だが、思い出したのだろう怒りの方が勝ったようだ。枕元にあった剣を手に斬りかかってくる。

だが、もはや槍で受け止めるまでもないことは実証済みだ。

今度は白刃取りの要領で剣を掴み、投げ飛ばしてエイガーごと壁に叩きつける。彼の口から吹き出る血を見ると嗜虐《しぎゃく》的な快感がこみ上げてくる。

「ねえ、どんな気分？　格下だと思ってた相手にボコボコにされて、権威も何もかも失って……今や魔王討伐の威光さえ消えるほど地に落ちた気分は？」

「うるせェ……俺から、才能を奪っておいて何言ってやがる……」

「元々、あなたのものじゃないでしょう。それを活かす努力もせずに強者を気取っているから、堕落するのよ」

まずは足を貫こう。次は手を。必要なら爪を。生まれてきたことさえ後悔するほどに……。

と、その時、エイガーが叫んだ。

「あんなモン、勇者以外に扱えるわけがねェだろうがっ！　天上の才能なんてもらっても鍛えることなんてできるのは、化物じみた勇者くらいだった！　そりゃ俺みたいな奴でも魔族と対等に戦えるまでにはなったさ！　だがな、それ以上を目指すなんて……地獄を知ってる人間にしかできねェんだよ！」

……何だって？

「あーあ。もういいや。テメエは俺を殺すんだろ。クソみたいな人生だったが、最期にいい思いできて良かったぜ」

「……才能をもらっても、何もできなかったっていうの？」

手を止めて疑問を返した私をエイガーは不審そうに見るが、そのまま言葉を続ける。

「はっ。ますます意味分かんねえ魔族だな……才能って奴はな、持つべき人間ってのが決まってんだよ。そいつ以外の誰にも扱えねえ。一瞬で体の重量が数十倍になって、機械みてェに理解不可能な動きを無理矢理させられて……それじゃ何の訓練にもなるわけねェだろ。勇者のクソ野郎が……」

「で、でも勇者は……」

「あいつは正真正銘のバケモンだったよ。存在からして違ェんだ。ああ、魔王を倒すべき人間ってのは神様か何かが決めてんだろうな。モブでしかなかった俺を引き上げたあいつが悪ィのさ。何も知らねえガキに悪魔の力を与えたって……破滅するか立ち止まるかしかねえだろうが……」

それきり。エイガーは荒い息はそのままに黙り込んでしまった。私も、もう何も返す言葉などない。

私は、ただ……共に立ってくれる仲間が欲しくて。魔王という巨悪に向かっていく信頼関係が眩しくて。だけど……その裏で、仲間達はそんな思いをしていたのか？

思い返せば、『魔力』を与えた魔術師は帝王級の魔法しか使えなくなっていた。それも、私の才能を無理矢理入れ込んだせいで……その被害も、冤罪でも何でもなく、私のせいだったのだろうか。

「でも……殺すことはなかったじゃない！」

だが、そんな理屈で感情の爆発はやまない。

「……」

「それだけ悩んでいたなら言えば良かった！　そしたら、勇者だって才能なんてすぐに……！」

「テメエは……目の前に食いきれねえほどのご馳走を並べられて、手もつけねえのか？　まずは食ってみるだろ。腹一杯になってもなおパーティが続くとするなら、ついていこうと必死になるだろうがよ。人類最高の栄誉を得られるなら……。それが人間ってもんだろうが……」

エイガーはそう言ったきり、気を失ったのか、がくりとはりつけのまま首を垂れる。

ああ、ああ。そうか……。私の人望のない理由が分かった。私は、常識を知らなかった。弱さを知らなかった。そして何より、自分自身のことを知らなかった。

私は……彼らの中では、人間じゃなかったのだ。

そして、ティルヴィングが……呪われた魔槍が叫ぶ。

「さあ、さあさあさあ。どうするよ。手前《てめぇ》のやることが生ぬるいなら、願えよあんた！　あんたを殺した仇は虫の息！　そしてこの俺を担いだあんたは何を願う!?　永遠の業火《ごうか》に放り込むかい？　関わった全てを殺すか？　俺は全てを肯定してやらぁ。それが強えってこったろう？　あんたを見ている限り、そうとしか思えねえもんなぁ!?」

私は……。

胸の内は晴れたかと聞かれた。その答えが、今出た。この男の血の海を被るより、温かい湯浴びをしたい。過去の栄誉を取り戻すより、身近な誰かに認めて欲しい。復讐を糧《かて》に生きるより、エルサの美味しいご飯が食べたい。

「だけどっ！　だったら！　私はどうしたらいいのよ！　何よ、分かったわよ。全部私が悪かったことくらい！　私は……私はただ！」

「そうさ。叫べよ相棒。願うことは罪じゃねえ！　悪しきも善きもどうせ神様が決めんだ！　だったら、言ってみるだけならタダじゃねえか！」

咄嗟にフラッシュバックする記憶。レーナが膝の上に座っている。エルサが私をからかいながらも傍にいてくれて。

「私は……私だって……幸せに、なりたい。平穏な生活が、送りたい……。この体を、人の血で汚したくない……。もう、もう……殺したくない……」

今更と笑うがいい。私の復讐は、しょせん自己責任の押しつけだった。そして、土壇場に出た願いが……こんなものだとは。

「だけど……恨みが、やまない。殺してやりたい……！　私を処刑したこいつを！　けど……そんなことをしたら、私はもう元に戻れない……。正義なんて、二度と口にできない。エルサやレーナの元に、帰るなんてできない……！　だって私は……死んでも勇者なんだもの……」

——ぜったい、かえってきて。

　ああ、レーナ。あんたには分かっていたの？　この結末が。

「魔王を殺しても、仇を殺しても……幸せになんて、近づけなかった。でも……そんな私にも、失いたくない居場所ができたの……。そこで、暮らしていきたい。守りたい……綺麗な私のままで！」

「……そうさ。それが人間って奴さ。魔族の体に入ってようやく理解できるなんて、皮肉なもんだねぇ。ゲラゲラゲラ。きっとそいつは、悪しき願いにはならねぇよ。あんたは今……仇以上に、憎しみに打ち勝ったんだ。綺麗事だろうが、誇っていいことだと、俺ぁ思うけどねぇ」

　ティルヴィングの台詞から険が取れる。

「こんな奴、もうどうでもいい……。分かってた。分かってたはずだったの。でも……殺されたからとりあえず、なんて気持ちで、私は人を殺せない……！　こんなにも殺意はあふれているのに！だって……私にだって、悪い所は沢山あった！」

「どれだけ恨み辛み、苦しんでもあんたは願わなかった。俺の力が発動してねぇのがいい証拠さ。悪しき願いに頼らず、自分の心に決着をつけてみせた。他の誰が、そんなあんたを根性無しと罵ろうと……俺だけは肯定してやらぁ。あんたは、魔族の体に入ってなお……誰よりも正しい、勇者だよぉ」

　そんな称号、いらなかった。だけど……私の力は弱き者のためのもので、悪をくじくためのものでも……。だったら、力を失ったエイガーはもはや私の攻撃対象じゃない。

　そうだ……私はただ、私がしてしまったことの責任を取りに来ただけ。人類の平和を乱す存在を消しに来ただけ。ならば……その目的はもう、達している。

これから先は、私の気持ち一つ。

「……この体で幸せを目指すのに、こいつの死は必要ないわ。『才能』を失ってしまえば、何もできないでしょうしね……。私のするべきことは終えたわ。後は……エイガー次第よ」

どうせ、帝都での剣聖としての活動はもうできないだろう。一冒険者や騎士としてやり直すなら、同じように一度やり直している今の私に止める権利などない。

「いいのかい？　こいつは根に持ってあんたを殺しに来るかもしれねぇぜ？」

「殺せるものなら殺してみたらいいのよ。きっと……エイガーには、それをするだけの恨みがあったんでしょうしね。それに気付けなかった私の不徳よ」

「それじゃあ、復讐はもう終《しま》いか？」

「私の中で決着がついて、大義的な天誅は食らわせたという意味では終わりね。大体、復讐なんて当人が納得できればそれでいいのよ。必要以上の私刑もいいでしょうけど……大義を失った時点で、誰も応援してくれやしない。後は私次第ってね……そして私は、せっかくの第二の人生を、そんな下らないことのために使う気にはなれないわね。今は、そう思えるわ」

仲間の不徳は、私の不徳。まさか、あの神官の言う通りだったとは。私はまだ沈んだ気分のままで……だけど、何かが切り替わったような気分で部屋を出た。

「平和を願い、和平を求める魔族かい……。くっく。やっぱあんたは面白えよ」

そう言ってくれるティルの言葉だけが救いだった。さあ、帰ろう。レーナを回収して、温かな家に……。

その時だった。私の角がとある魔力を検知した。ひどく禍々しく、帝都ごと覆うような、殺意に満ちた歪んだ魔力だった。

「うそ、でしょ……？」

ただ、私が呆然としたのはそこではない。

「この、魔力は……」

この体以上に馴染みのあるものだった。

「私の……勇者カインの魔力じゃないのよ……！」

方向は街の西方。そういえば、と門番の言葉を思い出す。

——そいつは噂の、アンデッドじゃないか？

もうエイガーのことなど気にしてられない。私は人目もはばからず最速で魔力の出現位置まで飛んでいった。

◇

「はあ……はあ……どきなさいっ！」

私は西門から出て、駆け足のまま槍の柄で兵士達を昏倒させていく。時間のせいもあってか、数人で魔族の処理にあたろうとしていたところだった。

だが、あれはダメだ。魔族としての勘というものが角を通して全力の警鐘を鳴らしている。

そして、街の外に置かれていた篝火《かがりび》を撥《は》ね除《の》け、辺りは月明かりに照らされるのみ。そこに現れたのは……くすんだ金髪の、冴えない見た目の。衣服は焼け焦げた襤褸を纏うだけの。あちこちただれた皮膚。だけど確かに……。

「私の、死体ね……」

ぽつりと呟く。何十年も鏡で見てきた顔だ。見間違えようもない。

アンデッドモンスター。通称グール。適切に処理されなかった死体に雑霊が集まって動き出す魔物だ。厄介なのは、いくら心臓を貫こうと核を潰そうと動き続けるということだ。塵《ちり》になっても数年を経て復活するものだから、完全に消し去るには、元の体の力に応じた神官の神聖魔法が必要とされている。

「そうよね。化物じみた私の体を浄化できる神官なんて……いなかったのね」

いくら傷つこうとも、魂を失えども、その眼光の鋭さは衰えを見せていない。その姿を見て、私はどこか切ない気持ちを抱えた。

「うガあああぁぁ！」

闇雲に飛びかかってくるグール。しかし、その動きの機敏さは衰えていない。咄嗟に槍の柄で突き出された腕を受けて、その重さに思わず声が出た。素手とはいえ……これに貫かれたらひとたまりもないだろうと。

「……死んでも、死にきれなかったのね。そうよね……あれだけの無念だったものね」

「ころす……全部……」

「そっか……。私の中に憎しみが最小限にしか残っていなかったのは……あなたの中に残してきてしまったからなのね」

流石にアンデッドとなってリミッターの外れた勇者の体と私の腕力じゃつばぜり合いにもならず、吹き飛ばされる。

「いいわ……。あなたの憎しみ、全て受け止めてあげる」

私は槍を構え直し、グール勇者を見据える。見たところ、武器を持つ知性さえ失った様子だ。おそらくは、恨みを抱えたまま魂を失った空っぽの体に、同じような憎しみを持つ霊が大量に入り込んだというところだろう。

グールが再び高く跳躍して右腕の肘を締めて構える。すると、魔力で形作られた巨腕が宙に浮かぶ。

「ちょっと、それ使えるの……？」

体に染み込ませるほど鍛えたことが仇になったか、グールとなった今でも多少の魔法は使えるようだ。

間を置かず放たれた巨腕は私に向かって飛んでくる。流石に、どんな頑丈な鎧を身に纏っていようともアレの衝撃は貫通して直接内部にダメージを与えてくる。

避けるか。いや……。受け止める。

「＜死神の盾＞」

それは受けた衝撃に反応して刃を伸ばす盾。そして、人間だったはずの私に対する戦いのはずが、今や魔物と魔族の戦いだ。魔法のぶつかり合いなら、魔力の大きい方が勝つ！

「……っつう、捕まえたわよ」

魔道皮膜では限界があったか、あちこちに傷を受けてしまったが、耐えきることができた。庇《かば》いきれなかった森は放射状に木々がなぎ倒され半壊していたが……これは仕方ない。だが、魔槍は対象を容赦無く貫く！

「ごっ、ぱっぁ……！」

グールの口から黒いモヤのようなものが零れる。それは魂。体に入り込んだ雑霊がダメージに耐えきれず出てきているのだ。

しかし、一度捉えた獲物を逃がすほど柔な腕はしていない。私はそのまま腹を横に裂いて十の突きを打ち込む。炎を槍に纏わせ再生もできないように。その度にグールから流れ出る霊の数々。いつかはまたこの体に入り込んで蘇るのだろうが……。

「今ここで、仕留めれば――！」

そして、首を断とうとした。その寸前、処刑台で見た首のない自分の体のことを思い出す。

「相棒！」

ティルの声に、私は動きを止めてしまっていたことに気付いた。が、もう遅い。ズタズタに裂いてやったはずの体で、なおも私を攻撃しようと腕を伸ばす。その単純な膂力《りょりょく》に負け、私の体は地に叩きつけられる。

そのまま万力のような力で押さえつけられ、小さな私にそれ以上の抵抗はできそうにもなかった。

いや、する気がしなかった。

「……」

その時見たのだ。感情などないはずのグールの瞳から……涙があふれていることに。

単純なダメージのせいか、瞳から水分が流れただけなのか……区別は付かなかったが、私はそこにかつての自分自身の姿を垣間見た。人を傷つけたくない、誰かに褒められたい、理解されたい。そんな自己承認欲求の塊。

そして零れ落ちる、グールのうめき声。グールは知性など持たない。それはただの生前の魂が遺した言葉を拾い上げているに過ぎない。だけど。

「だ、のむ……」

このグールは、殴ろうとする自身の腕を噛みちぎってまで……私を殴るまいと抵抗していたのだ。

「モウ……オレは……」

そう、あなたもきっと……それを望んでいるのね。

「ティル……」

「何だよ相棒。早く抜け出さねえと、こいつまた！」

「願いを、使うわ。悪しき願いを」

ティルから沈黙の気配。返ってくるのは、機械的な返事。

「あんたも分かってると思うが……自分でできねえことを願うのはいい。だが、叶えるのは悪しき願いだ。強え、すげえってことは時には悪しきものになる。その願いが……どうなるか、俺は知らねえぜ」

「いいわよ。他ならぬ、自分のためだもの」

もう、楽にしてあげよう。

「彼を浄化できるだけの存在を……ここに呼んで」

そう、願った。このまま彼の肉体を斬り続けたとて、また彼は蘇る。魔族の私には神聖魔法の適性はない。ならば……そうするしかない。

すると、急に天が明るくなったように感じた。そして、この場の時さえ止まってしまったような静寂。次いで聞こえてくる神の吐息のような管楽器の音。仰向けになっている私からはよく見えた。

「……あれは、天使族？」

天を割ったような裂け目から現れたのは、純白の翼を持つ数人の人型だった。私だってその存在自体は知っている。だけど……そんなもの、伝承でしかなかったはずだ。

——人類が滅亡する時、生命の均衡《きんこう》を取るために彼《か》の者は現れる。

そう謳《うた》われる……通称、傍観者。大陸が割れるような大災害の時にしか現れないとされている存在だ。同時に、どこか懐かしい……眠りを誘うような香りが鼻を通り抜ける。

なるほど、これは恐ろしい。願うだけで、そんなものを引っ張ってきてしまうとは。そして……勇者の体は、それだけの存在を以てして浄化しなければならないほどの、まさしく化物だったということ。

「……ア、ああ……歌、が……」

賛美歌のように奏でられる神聖魔法の詠唱。数々の魔法を知っているはずの私でも聞いたことのない呪文だった。聞き取ることすら叶わない、高位の術式。

だが、その効果はみるみるうちに現れる。彼を覆っていた負のオーラとでも言うべき何かが、少しずつ剥がれ落ちていく。それは灰となって、彼の体は朽ちていく。

「……私は、もう。大丈夫だから。あなたの魂は、ちゃんと報われたわ」

私はかつての体に語りかける。

「ごめんなさい。あなたの体を幸せにできなくて。間違えてしまって……。でも、そのけじめはつけるから。その上で、私はちゃんとあなたの願いを、今度こそ叶えてみせるから」

億万の人間を救い、自分自身だけを救うことができなかった体に。

「私だけは、あなたを理解できる。その魂を継いだから。だからもう……ゆっくりと休んでいなさい」

過去との決別だ。私は今回のことで、多くを学んだ。彼はそれを知ることができなかった。その差を噛み締めるように、優しく彼の体を抱いた。もう彼にはアンデッドとしての力は残っていなかったのだろう。容易《たやす》く私の方へ倒れ込んでくる。

「おやすみなさい。カイン」

もう二度と呼ぶことはないだろう名を、最期にもう一度だけ。

そして、天使族は去っていった。天の割れ目はそのままに、いつの間にか詠唱はやみ。勇者カインの体は、灰となって消え去った。

◇

もう帝都での用事も終わったので、さっさと魔大陸に帰りたいところだったが……天に裂け目が現れた騒ぎで街は騒然としていた。おかげで隠れ家にまた籠もらざるを得なかった。

街の各門も野次馬でいっぱいで、迂闊に外に出ることができなかった。異変を察したらしいレーナは、自力で街の中に入ってきたらしくどうにか回収できたが……。

「まあ、夜も明ければ人はいなくなるでしょうし……」

「えりーな。かえってきて、えらい」

ぽふぽふと頭の上で跳ねるレーナ。体重なんてものが果たしてあるのかと思うほど軽く、心地良い感覚だけが伝わってくる。

「はいはい。これからまた帰るわよ」

レーナを片手で掴みあげ、腕の中に収めて言う。しかし、それに返ってきた言葉は。

「でも。エルサ。まだきてない」

「……エルサ？　何言ってるの？」

彼女は魔大陸に置いてきたはずだけど……。と、首をかしげると、レーナはピンと耳を立てて隠れ家の入り口へ。

「あ、きた」

「何言ってるのよレーナ。この部屋に入ってこられる人間なんて……」

言いかけて、確かに魔力の波動を私も感じ取った。人間でも魔物でもない……。何だ、この感覚は？

いや、それよりあっさりこの部屋の場所が割れたのが問題だ。実はこの隠れ家、多種多様のトラップ魔法陣を配置した地下道を通る必要がある。一つでも作動すれば私には分かるはずだ。そして、全てを把握している私だけが無傷で通ることができるというもの。

しかし、その魔力の持ち主はその全てをすり抜けるようにして近づいてくる。考えてる暇はないか。

「レーナ、私の後ろに！」

「しんぱい、ない。だいじょぶ」

そんなのんきなレーナの声。彼女の体を引き寄せるのに精一杯で、槍を構える間もなく隠れ家の扉が開いた。

「……天使、族？」

そこにいたのは、透き通るようなプラチナブロンドの大きな白い翼を持つ少女だった。だが、私が驚いたのは……その翼の持ち主の顔が原因だった。

「エル、サ？」

「初めまして。勇者様」

ぺこりといつものように綺麗なお辞儀。その瞬間、エルサはいつも通りの黒髪に戻っていた。だが、額に生えた純白の角と腰の辺りに小さくある……いや、隠しきれない翼。そこに目が行ってしまう。

「……アルビノじゃなかったのね。まあ、天使族が魔族に化けてるなんて、誰も気付かないでしょうけど」

「ふふ。勇者様が魔王の娘の体に入っていることだって、誰も想像つきませんよ？」

……どうやら、お互い話し合う必要がありそうね。私も流石に、傍観者と呼ばれる天使族の目をごまかせるとは思えない。

「ええ、初めまして。いつから気付いてたの？」

「ハッキリ分かったのはレーナちゃんにエリーナ様の魂を移してからですよ。勇者様っていうのは……ほとんど決めつけだったんですけどね。先ほどこれもハッキリしました」

「……アンデッド浄化の時、か。じゃあ、この街に来たのも召喚されて、なのね」

「はい。大天使様からの強制招集なんて初めてのことで、びっくりしちゃいました。地上にいる天使族は皆呼ばれたみたいですね」

天使族とは、伝承で語られるより身近な存在なのだろうか。

「そんなに地上に天使族っているもんなの？」

「いえ、大陸中から集められても私を入れて四人でしたから……まあ、聞いていたよりは多かったですね」

「まさか、そんな天使様が……偶然魔王の娘の側近にいて、偶然私の転生先にいた……ってわけじゃ、もちろんないのよね。何か、大災害の前触れでもあったのかしら？」

エルサは少しだけ微笑んで……いつもと違い寂しさを含んだ目で……そっと、私を指さした。

「あなたですよ。勇者様」

「……え？」

「あなたが持つ力だけが、世界を崩壊に導くことができたのです。他の誰がいかなる才能を持とうと、世界はそう大きくは動きませんでした」

その台詞には笑った……散々バケモノだなんだと言われてきたけれど、そこまで言われたのは流石に初めてだ。

「私はそのために……勇者様が悪しき心を持っていたなら排除すべく、魔王様の傍に配置された、言わば監視役でした」

「でも、れーなと、ずっと一緒」

「ええ。そうですね。天使が下界に降りる時は、その世界の生物として受肉《じゅにく》する所から始まるんですよ」

エルサはいつものようにレーナをもふもふと。

「勇者様が魔王様との戦いに決着をつけた後、どちらかの勢力が敵を蹂躙《じゅうりん》することを天使族は良く思っていないのです。元々、均衡を保つのが役目ですからね。ですが、天と地では遠すぎます。ですから、私のような木っ端天使が時折送られてくるわけです」

「……全部、演技だったたってこと？」

私は一番聞きたくなかった、だけどハッキリさせなきゃいけない所を聞いた。エルサはそれには……首を左右に振った。

「勇者様か魔王様がどちらかの種族を根絶しようという考えを持った場合のみ、私の出番でしたから、それ以外は自由に過ごしていましたよ。ですから、エリーナ様に……レーナちゃんに仕えた日々は、本物です」

「……悪かったわね。そんな体を取っちゃって」

「いいえ。レーナちゃんが望んだことだと察しはついていましたから。そう……勇者様のアンデッドを浄化させるような存在は、勇者様と対等の力を持つ者か次期魔王にしかあり得ないことでした。今回の件で、それが上に伝わってしまうでしょう……ですから、お別れです」

唐突に、エルサはそんなことを言った。私は落ち着いて話をしているつもりで……ちっとも言葉が出てこなかった。

「な、何でよ」

「それだけの力がまだこの世界にいると他の天使族に知られれば、その者が自分の力を持て余さないよう『敵』を創り出すからです。そうすれば、間違いなく標的はあなたに向かうでしょう」

「……私が、暇潰しに世界を崩壊させないために？」

「はい。天使族は……あなたの心の正しさなんて、見てくれないのです。しかし、私が直接説得すれば、百年ほどは時間を稼げるでしょうから……」

「そんなのダメよっ！」

乱れた思考から、大きな声が出てしまった。だけど、本心からの言葉だった。

「何のために復讐なんてやめたと思ってるのよ。あんたと、レーナが一緒にいて……その生活のために、私は色んなものを乗り越えて……なのに、その矢先にはしごを外すなんて、ひどすぎるじゃない……」

「……では、剣聖様を殺したりはしなかったのですね」

「私はこれでも……勇者だもの」

俯きがちに言う私を、エルサはいつものように抱きしめてくれる。ああ、この香り。確かに天使族召喚の際にも嗅いだものだった。

「あなたは本当に綺麗な心を持っていらっしゃるのですね。それが眩しかった……。確かに拙《つたな》いことも沢山ありました。でも、この世の誰よりも、この世の平和を願って行動していらっしゃった。敵方のエリーナ様の心も射止めてしまうほどに。辛かったです。そんなあなたを、いつか天軍が始末してしまうことが……終わらない戦いにまた巻き込まれてしまうことが……」

「そんなの……私は、あなた達さえいれば……！」

「ありがとうございます。これ以上ないお言葉です」

そして、私の体から離れる際、そっと頬に柔らかい感触があった。それが何なのか把握しているうちに、エルサは窓際に歩み寄り、天の裂け目を見上げていた。

「転生したあなたの存在は、まだ天使族には知られていません。報告してませんからね……。ですが、勇者様のアンデッドが消えてなお勇者様の魂がこの世界に残っていたら……いずれは気付かれることでしょう。そうなれば、天使族は新たな人類の敵を送り込み、世界はこれまで以上の戦乱に陥ることになります」

「めちゃくちゃじゃないのよ……何が傍観者よ！」

「それも全ては、世界を終わらせないためなのです。私も伝聞でしか知りませんが……そうして勇者と魔王の対決は続いてきていると聞いております」

知らない。そんな世界の理屈なんて。私はただ。

「あなた達と過ごせれば、それでいいって思ったから……」

「……はい。勇者様がそんなだからですよ。ですから、私も。守りたくなってしまったんです。エリーナ様の体だからではなく、あなたの勇者の心を。どうか、お幸せに……」

行ってしまう。そんな予感がした。もう天の裂け目も塞《ふさ》がりつつある。きっとエルサが戻るのを待っていたのだろう、そんな気がした。

「……そう。決意は変わらないのね」

「はい。短い間ですが……何事にも懸命なあなたに、仕えることができて、私は幸せでした」

レーナがその足に纏わりついて邪魔するが、しょせんはニャウの体。天使族を押さえるまではできない。いや、そんなこと誰にもできないのかもしれない。

なら、もういい。我慢なんてしてやらない。言いたいこと全部。

「だったら……私はこの体をめちゃくちゃにするわよ」

「……はい？」

エルサの足が止まった。

「湯浴びなんてしないんだから！　髪の梳《と》かし方も知らないんだからね！　レーナの手じゃできないでしょうし、毎日ろくにご飯も食べずに自堕落に生きてやるわ！　そうだ、暇ができたら人類を滅亡させてやる！　あんたの監視がなくなったら、やりたい放題だものね！」

「そ、そんなことエリーナ様にさせられません！　ず、ずるいですよ！」

「だって！　エルサがいないんだから仕方ないじゃない！　私はもう、一人じゃ何にもできないんだから！　私が幸せになるには……あんたがいないとだめなのよ……。勝手に背負い込まないでよ。お願いだから……主従なんてもういらないから……一緒にいてよ。エルサぁ」

知らず、私はまた泣いていた。ああ、私は本当に弱くなった。何が最強勇者だ。今や、たった一人の女性がいなくなることにさえ怯えているというのに。

「そんなこと言われたら……。ああ、もう……門、閉じちゃったじゃないですか。あれ、あと千年は開かないんですよ？」

「だったら、その間、私の傍にいなさいよ。私の幸せを見届けてから……。何が新たな敵よ。そんなもの、私が蹴散らしてやるわ」

「あなたは……これだけの目に遭いながら、まだ戦えるのですか？　何のためにでしょう？」

そんなの。決まっている。私は涙を振り切り胸を張って言う。

「あんたと、レーナと一緒の生活のためよ。それだけが……私の、欲しいものなの」

「もう。本当に……仕方ないご主人様ですね。そんなこと言われたら……メイドは、泣いてしまうんですよ？」

見れば、いつも微笑んでいるエルサの瞳から涙が零れていた。天使の涙。そんな言葉が浮かんだ。

そうだ。エルサだって同じだったのだ。余計な責務を負わされて、自分の心を殺して生きてきたのだ。だったら……どこかで報われないと、嘘だろう。

「一緒に帰るわよ。エルサも、レーナも……私も。まとめて幸せにしてやるわ」

「天への階段もなくなってしまえば……仕方ないですね。……仕方ない、ですよね？」

「神様が文句つけてきたら私が追い返してやるわよ」

「だめですよ。乱暴は」

「だったらせいぜい、私が悪い子にならないよう育てることね！　まだ私もレーナも子供なんだから！」

もう、途中で自分でも何を言ってるのか分かっていなかった。だけどどうやら……私の幸せな暮らしという目標への道は、開けてくれているようだった。

「天使族と魔王の娘と不可思議な魔獣かぁ……。こりゃあ、余計目を離すわけにはいかなくなったなぁ。ゲラゲラ。それでこそ、俺の相棒だぜ……ところで、俺の名前が出てこないのは気のせいだよな？」

あ、忘れてた。

ともあれ、私達は三人で……仕方ないからティルも加えて四人で、帝都から出ていくことができた。

「ねえ、エルサ……仕えなくていいとは言ったけれど、髪は結ってくれる？　苦手なのよ、あれ……」

「この際ですから、今まで通りの関係でいますよ。義務でも何でもなく、私がそうしたいと思ったからこそ、あなたに仕えます。エリーナ様」

「……みんな、なかよし」

そして、始めるのだ。誰もが言う、些細《ささい》な幸せを掴むための生活を……。

第三章　拠点を作りましょう

ぺたぺた、と石を積み上げては土魔法で固めていく。そしてまた周囲のがれきを長方形に固め直していく。幸いにも魔王城跡には良質な素材の瓦礫《がれき》が沢山あり、せっかくなので再利用させてもらっている。

「ふんふん、ふーん」

魔大陸に帰ってきて、まずやったことが家造りだった。いつまでも他人の家を無断借用してるだけでは、帰ってきた気分がしないという理由から。

やってみるとこれが案外楽しい。風魔法と土魔法で大分楽をしているとはいえ、のんびりと壁を建てていく感覚には達成感があった。

「おおきくなったねえ」

そんな私の隣でひなたぼっこしているレーナがあくび交じりに言う。

「三人で住む程度だから、まだまだだけど……十分でしょ」

でき上がったのは、ただ壁で四方を囲っただけのもの。張りきりすぎたか、空間だけで言うなら十人は眠れそうな広さになった。これから内部に部屋をつけて、家具を設置して……と考えているだけでワクワクしてくる。

「後は作っておいた屋根を載っけて、っと……」

私は三角形に固めておいた瓦礫の塊を風魔法で浮かせて囲みの上に載せる。後はまた、隙間を泥でぺたぺたと。

「……いちいち俺を通して魔法を使う必要があるかぃ。こんな魔力の無駄遣いは見たことねえぜ。普通、家ってのぁ大人数でだな……」

「いいじゃない。楽しいんだから」

私は今、全力で生活を楽しんでいる。自分で造った家で、自分の大好きな人達と暮らすのだ。そのための作業ならば、魔力の無駄遣いだろうと何だろうと顔がニヤけてしまう。

「よしっ。完成！」

「おー」

ぽふぽふ、と拍手になってないレーナの手を叩く音。今日の作業は、後は土魔法の応用で窓部分をくりぬきガラスを張って、ドアを取り付けるだけだ。

ふー、と息をついて冷たい水をごくごくと飲み干す。肉体労働で火照った体が末端まで冷やされていくようだ。路上に置いておいても水を冷やせる水魔法に感謝を。

「エリーナ様、作業は順調そうですね」

「エルサ！　見て見て、私達の家よ！　あ……う、うほん。もう、家具の運び出しは終わったの？」

そこへやってきたのは、正真正銘私の侍従となってくれたエルサ。黒髪から飛び出るような白い角はいつ見ても綺麗だ。

「はい。最低限のものは。水回りなんかは私がやっておきますね」

「……悪いわね。私、そのへんの知識はなくって……」

「いえいえ、これだけ立派な外壁を作られただけで十分ですよ。魔王城の瓦礫なんて、よく加工できましたね」

単純な形状変化の魔法にしては難易度が高いと思っていたけど、やはり何か特別な素材なのだろうか。乱暴に魔力を込めたらぐにゃりと形を変えてくれたけれど……。

「では、魔王城の復活もさせましょうか」

「……はい？」

どんな褒め言葉をもらえるだろうかとウキウキしていたら、エルサは頬に手を当ててそんなことを言った。

「言ったじゃないですか。これからどんな敵が来るか分からないですが、拠点作りはしておくべきですって」

「うん……だから、その、この家をね……」

「魔王様はかつて百を超える幹部の方々を城に住まわせていたのですよ？　それくらいの規模を将来的に抱えることを思えば、やはり城の再建が一番かと……。幸い、魔王城には魔力を注ぎ込むだけである程度は元の姿に戻る魔道具が設置されております。エリーナ様の魔力でしたら、すぐにかつての魔王城の姿を取り戻すことでしょう」

「……そうね」

至極正論だ。何も言い返せない。だけど……少しくらい喜んでくれてもいいじゃない。エルサだって住む家なのに……そりゃ、見栄えは子供の工作みたいなもんだけど。でも、これから魔法陣と結界を張り巡らせればそれなりのものになる予定で……。

魔力を注ぎ込むだけで何とかなるなんて、無茶苦茶もいいとこだわ！

「俺ぁ、あんたのしてることも同じようなもんだと思うけどねぃ……」

うるさいティル。

「ふふ、冗談ですよ。素敵な家になりそうです。私達の家ですもんね。流石エリーナ様です」

少し俯いていると、エルサは私の体を後ろからぎゅっと抱きしめて笑う。その言葉と感触に満足してしまった自分に気付いて、何だか悔しい。

「……エルサ、そうしていれば私の機嫌を取れると思ってない？」

「そんなことはありませんよ。でも、真面目な話……元幹部の方々に、そろそろ声をかけていく時期だと思うんですよ。いつ天使族が新たな敵を送ってくるか分からないですから……戦力がエリーナ様お一人では、やはり不安です」

「そういえば、エルサって戦えないの？　その……天使族なんでしょう？」

私が素朴な疑問を投げかけると、エルサはどこか困ったような笑みを浮かべて私の体から離れた。

「自衛の術くらいなら使えますが……基本的に大天使様からの指令がないと、天使族としての力は使えません。私は魔族としても中の下くらいですから……エリーナ様がやられたような帝都に単身乗り込んで無傷で帰ってくるなんて無茶はできませんよ？」

その言葉にどこか棘があったように聞こえたが、無視する。

「じゃあ……やっぱり元魔王軍幹部の魔族に声をかけていくのが一番、というかそれ以外に方法はなさそうね」

「あら。素直なんですね。エリーナ様なら、私一人で事足りるわ、なんて言い出すかと思っていましたが……」

「……私だって学習くらいするわよ」

帝都にて、人間の連携に私は負けた。私一人でできたことなんて、『才能』を失った剣聖を倒せたことくらい。もう最強の肉体ではないのだ。それに、守るものだって増えた。一人でも味方は欲しいというのが本音だった。

「でも……変な感じね。私は何人も幹部を倒して魔王の元にたどり着いたのに……今度はその幹部の力を借りるなんて」

「そうですねえ……好戦的な幹部様は全員勇者様の餌食《えじき》になってしまいましたからね」

これもまた、私のやらかしたことの一つとでも言うべきか。

「それに、元魔王じゃなくて、その娘……私を支持してくれなきゃ困るわ。死んでしまった偶像に対する忠誠なんて、超えられるわけがないんだから」

「そうなると……対人類戦争に参加していなかった強力な魔族様となりますね……」

「私だって魔王の娘ってだけでついてきてもらおうだなんて思ってないわ。強い弱いはともかくとして……私と共に戦ってくれるだけで十分よ」

エルサはしばしの間、うーんとうなったまま。珍しく歯切れの悪い口調で続ける。

「いるには、その……いると思いますよ。魔王様に付き従うのではなく、自分の手でのし上がりたいって魔族も多いですからね。人間全員が魔大陸に攻めてくるような事態になっていれば話は違ったでしょうが、多くの配下を持つ魔族様はいらっしゃいます」

「簡単な話じゃない。そいつの所に行って、私の力を認めさせればいいんだから」

「またエリーナ様は乱暴な……まあ、間違ってはいないんですけど。同じだけの力を持つ魔族として認められたら、共闘くらいはしてくれると思いますよ。でも、そのためにはこちらにもカードが必要となりますね。相手のメリットとなるような……」

　つまり。人類に攻撃してこなかった力ある魔族はいるが、既に自分で配下を含めた環境を作り上げており、単純な力関係を示しただけでは下僕になるわけがないということ。もしそれが叶ったとしても、それは何だか……私が嫌だ。

「メリットって、例えば？」

「……魔王様は、当初こそ数少ない仲間で魔族に強襲をかけ、配下にしていましたが……それからは、魔王軍が大きくなるにつれて自然と集まってきましたからねえ。それに、魔王様の時とはもう、時代が違うんですよね」

「仲間を集めるために仲間が必要って、矛盾した話ね。まあ、世の中って案外そういうものよね……」

　魔族の世界も世知辛い。やはり、まずは地道に私の仲間になってくれる魔族を探すしかないけど……私の人徳のなさは一生涯をかけて証明してしまっている。そこに不安を覚えないわけがなかった。

するとぴょんとエルサの頭に飛び乗ったレーナが一言。

「えるさ。スノウねえさん、は？」

「……」

これまた珍しい。エルサがレーナの言葉を無視するなんて……と思ったが、返事に窮しているだけらしい。

「レーナちゃん。でも、あの方は危険です！」

「……やさしかった」

「それがあの方のやり方なのです！　せっかく魔王様が崩御された際に離れていったというのに……いえ、しかし一番協力的なのは確かに……」

どうやら、そのスノウという女性が候補筆頭らしい。他ならぬレーナからの推薦で、エルサもその力自体は認めているようだ。ならば……。

「後は私次第ってことじゃない。嫌われてないだけで十分だわ。大丈夫よ、きっと説得してみせるから。そのスノウって子の居場所は分かるの？」

「えぅ……はい。でも、でも……スノウ様は『氷楼《ひょうろう》の魔女』とも呼ばれるほどの魔族なんです。呪文一つで人間の大隊ごと氷の城を建てられるなんて噂もあるほどで……」

「何よ、いいじゃない。余計に腕が鳴るわ。……でも、それだけの力があるなら、どうして私が攻めた時に現れなかったのかしら？」

魔王軍幹部との戦いは大体覚えているけど……氷の使い手なんていたかしら、と首をかしげる。

「スノウ様はどこの組織にも属していらっしゃらないのです。それでいて魔大陸の一部に君臨していらっしゃるのですから、それはすごい方なんですけど……一つだけ難、といいますか……」

「……それは？」

何だか真剣な様子に、私もつばを飲む。そして、エルサは両目に何かの感情を燃やすような光を込めて言い放った。

「小さな女の子が大好きな方で、魔王様に服従するくらいならエリーナ様をさらっていく、と魔王様の前で言い放ったほどのダメな女なんです！」

女って……。それはまた、何というか……私は、かつてない身の危険を感じたのだった。

◇

そうして、スノウなる魔族の住処《すみか》へエルサの案内でやってきたのだけど……。

「寒いわよ！」

一面の氷！

魔大陸には基本的に植物すら少なく、景観が変わるということがあまりない。焦土のような地形に紅の空が広がるばかりである。だというのに、スノウの住処は外壁から床まで全てが氷。雪で造られた家が転々と存在する白銀の世界だった。

「レーナは、あったかい」

重ね着したフードの中でそんな声。できることならその毛玉をむしり取るか雪に埋めるかしたかったが、首元だけでも温かいので我慢しておいた。

「エリーナ様、魔道皮膜に魔力をしっかり通してらっしゃいますか？」

「え……そんなことできるの？　元は魔物の魔力導線なんだから……あ、魔族ならできるんだ」

人間であった頃の魔道皮膜と言えば、言わば透明で優秀な防具でしかなかった。それは素材に使われる魔物の魔力と人間の持つ魔力の性質の違いのせいである。

試しに全身を循環させるイメージで鎧に魔力を通してみる……その感覚は、体が既に知っていたような。魔族の妙な打たれ強さの謎が一つ解けた気がする。

するど、肌と冷気が遮断されたように……まさに膜が一枚増えたような感覚だった。

「お、おお……。温かくなったわ。すごいのね、魔道皮膜って」

「むしろ、それをせずに帝都に乗り込んだことの方が驚きなんですけどね……。多少は魔力を消費しますけど、慣れたら呼吸と同じようにできるようになりますよ」

「また修行の日々ってことね。未知の技術なら腕が鳴るわ」

そうこうしているうちに、スノウが住むという一際大きな氷の城までたどり着いた。細部にまでこだわった、透き通った青の装飾に試しに触れてみたが、確かに氷ではあるものの、ちょっとやそっとでは壊れそうになかった。

「……すごく繊細な魔法ね」

「スノウ様は氷に関しては達人の域ですからね。気を付けてください。あの方、どこから現れるか分かりませんよ……！」

やけにエルサは警戒した様子を見せているが……魔族間の関係性とは、そんなに難しいものなのだろうか。

「そうね。かつてはアナタにそうして邪魔されたものね」

死角からの声。だが、その程度で驚く私じゃない。驚いたのは……視界いっぱいを埋めるほどの結晶が粉々になった吹雪。私を凍らせるほどの威力はなかったが……。

「え、エリーナ様ぁ！」

エルサの両手両足が凍らされ、地面に這いつくばっていた。

しまった。私への攻撃は目眩《くら》ましか！　と、反撃の構えに出ようとして……妙に穏やかな声に止められた。

「ん……。エリーナ様。久しぶり」

「え、ああ……どうも」

吹雪の勢いが弱まっていき、一人の女魔族が現れた。と、同時に私の体に氷の鎖が巻き付けられる……が、ティルを構えていたのが功を奏した。瞬間的に炎熱を纏った槍で鎖ごと焼き切る。

「流石に私まで瞬殺されるわけにはいかないわ」

「瞬殺とか言わないでくださいよ……」

エルサはどこか情けない声。

「エリーナ様……。お強く、なられた」

それ以上の攻撃の気配は見られず、氷楼の魔女……スノウが両手を上げて敵意がないことをアピールしながら近づいてくる。透き通るような水色の髪を頭の後ろで結い上げた、まるで人形のような静謐《せいひつ》さを持つ女性だった。

オフショルダーのようなドレスを身に纏い、こぼれんばかりの胸と透明感のある肌を強調したような格好だった。これで寒くないのも、魔道皮膜のおかげなのだろうか。

「お父様のことは……残念だった」

口調には覇気を感じないが、どうやら私を慰めてくれているらしい。乱暴な魔族ではないという評価は確かなようだ。

「ありがとう。スノウ……姉さんはどうしていたの？」

「ん、ワタシは戦争には参加しなかった。興味無かった、から。まさか、魔王様が倒されるとは……」

「んんー、うん……まあ、そうね」

倒した張本人が私なのだから、何とも言えず。不意にフードからレーナが飛び出してきた。

「にゃ」

「ん、ニャウ……珍しい。エリーナ様のペット？」

スノウは何かに取り憑《つ》かれたようにレーナの頭を撫で続ける。撫でて撫でて撫でて……。

「あの、スノウ姉さん？」

「はっ……恐ろしい。魔性の魅力……まさに魔獣」

確かにニャウは可愛いけども。そろそろ本題に入りたい。私は咳払いを一つ挟んで話を続ける。

「それで、頼みがあるんだけど……」

「ん、分かってる。ついてきて」

……まだ何も言ってないんだけど。

「お父様がお亡くなりになって、身寄りがなくなった。ワタシに庇護《ひご》を求めに来た。違う？」

「庇護……ってわけじゃないんだけど。共闘を申し込みに来たのよ」

その言葉を出した瞬間だった。スノウの目が細まり、まさしく氷を冠する魔女の名に相応しい眼光に。

「……ボルケイノとの戦いは、ワタシのもの」

「ぼ、ぼるけいの？」

知らない名前だ。そもそも私が言ってるのは天使族から送られてくるかもしれない、いつ来るか、実際に来るかも分からない敵のことで……って、そういえばこんなことどうやって説明しよう。絶対信じてもらえないじゃない！

「魔王が倒れてから、調子に乗りだした魔族の王気取り。ワタシの抱える子供達を狙ってる……」

「か、抱えてるってもしかして、誘拐……」

「違う。ワタシ、孤児院を開いてる」

「孤児院？」

まさか、魔大陸にそんな保護施設があるなんて……というのはもはや偏見なのだろう。魔族にだって色んな人がいるものだ。

「エリーナ様も、一緒に守ってあげる。だから、ついてきて」

「ちょ、ちょっと！　エリーナ様は私が育ててるんです！　勝手に取らないでください！」

背後から、エルサの声。未だ氷の枷《かせ》に捕らわれたままだ。流石にかわいそうなので、槍の柄でその氷を砕いてやる。

「エルサって、本当に魔族としてはいまいちなのね」

「いまいちじゃありません！　この魔女が別格なんです！」

エルサはびしっとスノウを指さす。そこには何だか目を見開いて呆然としているスノウが立っていた。何か呟いていたが、聞き取ることはできなかった。

「じゃあ、そんなスノウ姉さんと戦ってるっていうボルケイノも？」

「ええまあ……魔王様に負けても軍に入らなかった頑固な人でしたね。誰の下にもつく気はないとおっしゃって……。しばらくは大人しくしていると思ったんですが、また暴れ出したみたいですね」

ぱんぱん、と氷の破片を落としながら言うエルサ。そこで、ふと思い浮かんだことがあった。もしもその対立の中で活躍できれば……スノウも私の力を認めてくれやしないだろうか、と。

そんなことを考えていると、スノウがおもむろに近づいてきて……中腰になって私の手先から足先まで何かを確かめるように触りだした。

「え、と。何？」

しかし、答えは返ってこない。そのまま手は私の顔辺りまで伸びてきて、頬をぐにぐにと。決して痛くない程度の強さだったが、余計に何をされているんだろうという感じが強まる。

そして最後に私の持つティルヴィングを眺めて、どこか寂しそうな表情を浮かべて言う。

「エリーナ様……。戦いは好きじゃなかった、はず」

「……そうも言ってられない状況になったのよ」

「ん。やっぱり、中に。でも……その前に」

頬に当てられていた手が首の後ろまで伸びて、ひざまずく姿勢のまま私の体を抱きしめた。エルサの柔らかく温かな感触と違い、心地良い冷たさのある抱擁だった。

「ごめん……ワタシが傍にいてあげられたら、エリーナ様が戦うような事態にはさせなかった。そんな中で、頑張った。偉かった」

「や、そういうわけじゃ……」

「いい。これからのことで不安があるなら、いつでもワタシを頼ってくれていい」

そのまま手を繋がれ、氷の城の中へと連れていかれる。きっとスノウが言っている彼女は今、私のフードの中ですうすうと寝息を立てているのだけど……。

私はパタパタとついてきたエルサに小声で呼びかける。

「……エルサ。どうしよ」

「説明してもややこしくなりますから、勘違いさせたままでいましょう。同情も使い道次第では武器ですよ」

意外とあくどいことを言う天使族。

そして城の中は、やはり雪造りで通路にもふわふわの雪が積まれていた。妙なのは、そこにあった足跡だ。子供のような小さな靴の跡がいくつも……そして、私が歩いた後にも似たようなサイズの足跡が並ぶ。

「見てください。あちらにいるのがスノウ様が世話をしている孤児達ですよ」

「ん。みんな元気」

二人に言われて中庭らしき広場を見ると……確かにまだ子供の魔族が十数人ほど遊んでいるのが見えた。年の頃もきっと今の私より下だろう。

「元魔王軍幹部の子達。有望だからって、ボルケイノの奴……」

愚痴るように吐いたスノウの言葉。今はボルケイノより前半の方が引っかかった。

元魔王軍幹部の子供。ここは孤児院と言っていた。それは、つまり……。

勇者だった私が殺した幹部の……私が生み出した、親無き子達ということだった。

◇

「エリーナ様。大丈夫ですか？」

エルサの声に、ハッと気が付いた。私はしばしの間ぼうっとしていたようだ。周囲を見渡せば、いつの間にかテーブルと椅子の並ぶ食堂らしき場所に座っていた。

「あ……エルサ。ごめん、ちょっと……あの子達のことを思ったら」

「……お気持ちは察しますが、エリーナ様が責任を感じることはありませんよ。あなたは人間の勇者として、正しいことをしたのです。立場が変わってしまったからって、全てを抱え込んでいたら……潰れちゃいますよ」

今だけは、エルサのそんな言葉も慰めにならない。全て私が悪い、とは流石に思わない。こんな現実を知っていたとしても、魔を滅する目的があった勇者時代の私は同じことをしただろうと思う。この孤児院の子達よりずっと多くの人間の子供が魔族に親を殺されているのだから。

そんな子供達をこれ以上増やさないよう、私は魔王を討伐したのだ。

でも……直接それを目の当たりにしてしまうと……。

また俯いてしまった私の手を、エルサがそっと握って、力を抜くよう促す。いつの間にか、爪が手に食い込み血が流れるほど拳を握り込んでしまっていたらしい。

「エリーナ様の小さな手では、掴めるものには限界があります。ですが、血まみれの手に抱かれて喜ぶ者は生まれたての赤ちゃんくらいですよ。どうか……前を向いてください。過去を悔やむだけのために、レーナちゃんはエリーナ様に体を渡したはずではないと思いますよ？」

「そだよ。えりーな」

フードの中から出てきたレーナ自身が、そう言った。そうしてようやく、私は全身のこわばりが解けた気がした。

「分かってるわよ。私だって神様を気取るつもりはないわ。だけど……」

「ん。エリーナ様。お茶が入った」

どこかやりきれない思いのまま、部屋に入ってきたスノウを見た。どうやらお茶を飲みながら話そうという流れになったらしい、と何となく理解した。小さなため息を吐いて気持ちを切り替える。

「今はボルケイノの相手で忙しいけど……それが片付けば、エリーナ様をここに迎え入れることも、可能」

「それはありがたいけど……私は、魔王軍を再興させるつもりなの」

「……魔王軍の、再興？」

「ええ。私の目的のために、必要なことよ」

私がそう言うと、スノウには聞こえが悪かったのか、嫌そうな顔つきをする。

「復讐は、良くない。終わらないから」

「別に人間族を滅ぼすつもりじゃないわよ。ただ……次の敵が現れた時、今度こそ私はちゃんと戦いたいの」

「……何のため？」

「私の平穏な生活を作り上げるためよ。そこにはもっと多くの仲間が欲しいの。平和な世界で、好きな人達と一緒に生きていきたい……それだけよ」

やはり、天使族から送られてくる敵のことなんて言えるわけがない。だから、自分の素直な気持ちを述べるしかなかった。

するとスノウは片手で顔を覆ってもう片方の手を左右に振る。

「だめ。やめて。ワタシ、子供のそういう目には……弱い」

「……協力、してくれない？」

「エリーナ様を守るためって名目なら、いいけど……。ボルケイノの問題が片付くまでは、ごめん」

「だったら、先に私がそっちを手伝うわ！　私だって、ただ守られるつもりはないもの」

そう意気込んだが、スノウは手の隙間から微笑みを見せて私の頭を撫でる。

「子供は、戦わせない。それが……ワタシの信条。だから、子供を戦争の道具にしようとしているボルケイノは、倒さなきゃいけない」

「じゃ、じゃあせめて子供達は私が守るわ！　それならいいでしょ？」

「いらない。それはワタシの仕事。エリーナ様はただ、一緒に遊んであげてくれたらそれでいい
……でも、エリーナ様はやっぱり、いい子」

違う。こんなの優しさじゃない。自己満足の罪滅ぼしですらないナニカだ。私は、私は……一体、何がしたいのだろう。

「いいじゃねぇかぃ。いよいよ人間じみてきたぜぃ、元バケモノさんよ」

不意に、今まで黙っていたティルがそう言った。突然喋り出したものだから体が跳ねてしまったが……おかげでまた俯きそうになったのを回避できた。

「あんたは願いを述べた。その手段も見付けつつある。俺の力もそう安易には使わずにな。それだけの実力がある。なら、後は叶えるだけじゃねえかぃ。いいじゃねぇか。過去の罪をあんたは既に死を以て償った！　今のあんたの手は真っ白さ！　この子供達をどう扱うか……それで、今後のあ

んたが決まってくると俺ぁ思うね」

　でも……私が殺してきた親の子を育てているスノウに、守られるだけなんて、私のプライドが許さない。

「ゲラゲラ。なら無視して戦っちまえばいい。ただの子供じゃねぇって思い知らせてやんなよ。魔女さんはあんたをまだ舐めてるのさ。まだ同等じゃねぇってなぁ。機会が来れば証明してやりゃぁいい。それまでは……俺も、子供に交じって遊んじまうのを勧めるがね」

　……たまに思うけど、ティルって一体何年くらいあの岩に刺さったままだったんだろう。時折、妙に説得力がある貫禄のようなものを言葉の端々に漂わせている。

「私は、親を蘇らせたりもできないけど……確かに、遊んであげるくらいはできるわね」

「そりゃぁ上等よ。できることがあるってだけでな。あんたは今まで、何でもできすぎたのさ。あんまり贅沢言ってっと、悪しき願いに繋がるぜぃ？」

　最後にちゃらけて見せたティルの柄をコンと叩いて、私はスノウに言う。

「それじゃあ、遊んでくるけど……って、この辺りの子って何をして遊ぶの？」

「魔法を使って遊んだり。走り回ったりしてるだけで楽しいみたい。たまに私も水魔法を披露すると、すごく喜んでくれる」

　活発な人間の子供と同じようなものか。絵本を読み聞かせたりよりは、体力魔力を使って遊ぶ方が好みなわけだ。そりゃあ、強く育つはずだ。

　エルサとスノウは何か話があるということで、食堂に残して私はレーナを抱えて先ほど子供達が集まっていた中庭まで歩き始める。と、通路を出た時点で私より頭一つ低い子供達が揃って固まっていた。どうやら聞き耳を立てていたようだ。

「こらっ！　行儀が悪いわよ！」

思わず怒鳴りつけてしまう。と、そこで思ったより魔力を抑えきれていなかったことに気付く。スノウと話しているうちに感覚が鈍っていたらしい。

かつての門番魔族の怯える目が脳裏をかすめる。

「……すっげー！　まおー様だ！」

「お姉ちゃん、すごく綺麗な魔力だねっ！」

「ねえねえ、何か魔法見せてよ！」

しかしこれが、思ったより好感触だった。十数人の子供に囲まれるなんて……いつぶりだろうか。

「魔法って……水魔法は見飽きてるでしょうし、こんなのは？」

私は詠唱の必要すらないほど小規模な火魔法を展開する。氷の街に転々と、多種多様な彩りで輝く炎。それでいて強固な魔力で練られた氷を溶かさない程度の。

「綺麗……」

「すごく器用なんだね、お姉ちゃん！」

「おれ、こんな火なら怖くないや。大好きだ！」

それも思ったより好評で、私はついつい乗せられるままに色んな魔法を披露していった。魔法の多彩さなら私の得意分野だ。その度に子供達は素直な歓声をあげてくれて……。子供達も稚拙《ちせつ》ながら一生懸命な魔法を披露してくれたり、光の灯った街を駆け回ったりと自主的に参加してくれるようになった。

いつしか私は罪悪感も目的も忘れて、一緒に笑い合って走り出していた。

そうだ。私の罪というならもう償った。全ては私が納得できるかどうかだ。ならば、後は子供達の幸せを願おう。全てが私の手のひらで踊っているなんてこと……あっていいわけがない。

「ねえ、みんなは将来、何をしたいの？」

私はそう問いかける。

「お父さんみたいな立派な魔族になって、まおー様についていくんだ！」

「あたしはスノウ姉さんのお手伝いがしたい。全部一人で、大変そうだもん」

子供達は、誰一人として勇者に復讐したいだとか、人間が憎いだなんて言わなかった。

理性がある以上、どちらにも事情がある。それだけのことだったのだ。ならばやはり、何を一人で思い悩んでいたんだという話だ。大事なのは何をやらかしたかより、何を成していくかなのだから。

私もどうやら、まだまだ学ぶことは多いらしい。そういう意味でも、スノウの言うように子供に交じって成長していくのも悪くないかもしれない。今ではそう思えたのだった。

過去の自分じゃ何もできないけれど、今の自分だからこそできることがある。ああ、確かにそれは幸せなことかもしれない。

幕間　スノウとエルサ

　子供達の遊ぶ様を見ているスノウの顔はぐにゃぐにゃに崩れて頬から鼻の下まで真っ赤になっていた。

「はあ……っ！　うちの子達とエリーナ様が一緒に……！　はあ、はあ」

「スノウ様、鼻血出てますよ」

　それを見ていたエルサはそっと布を差し出す。これだからエリーナ様を連れてきたくなかったのに……とため息交じりに。

「何ですか。さっきまではクールを気取ってたくせに、とうとう我慢の限界が来ましたか？」

「……ワタシだって、親を失ったばかりの子を抱きしめてぷにぷにしてすりすりしてぐちゃぐちゃにする趣味はない」

　誰もそこまでは聞いてないが。

「スノウ様は本当に……欲望に忠実なのか誠実なのか分からないですね。元々は小さい子が好きで始めた子育て代理でしょう？」

　それも、人間の真似事なんてしやがって、と罵りを受けながら……という言葉をエルサは呑み込んだ。

　魔族の子育ては基本放任主義である。強大な魔力を生まれ持った魔族は体も頑丈で、基本的に師や何かを仰ぐことは少ない。本能的に強くなる方法を知っているからだ。もちろん子供が自分の力で生きていけるようになるまで世話をする魔族が大多数だが、その年齢は人間と比べて極めて低い。

「……魔族も人間も、芋だけで生きていけるわけじゃない。ワタシはもっと愛を広めたいだけ。戦争は愛を生まない。だから嫌い」

「そうでもないみたいですけどね」

「エリーナ様は、まだ勇者のことが？」

エリーナの勇者好きは、近しい者には周知の事実であった。もちろん、外聞がよろしくないのでなるべく伏せられてはいたが。

「……エリーナ様が武器を手にしたのは。勇者のせい？」

スノウは窓から離れて、再びエルサの目の前に腰掛ける。魔王が倒された前と後でのエリーナの豹変……人格が変わっていることには、流石にスノウが気付かないわけがない。

エリーナのことを自分とは違う形で大事に想っていたスノウのことだ。もし体をその勇者が乗っ取った……というかエリーナが明け渡したことを聞けば、何をするか分からない。そこでエルサは判断に迷った。

「エリーナ様があの槍を持ったのは……ご自分の判断ですよ。私も争いを肯定するわけではありませんが……力が必要なのは常識でしょう？」

「……復讐はしない。だったら……どうして？」

人間への報復でもなく、父の仇でもなく、平和を愛したエリーナが武器を持った。確かにそこに疑問を抱くのは当然のことだとエルサは納得する。しかし……全ての真相を知っているエルサだからこそ迂闊に説明はできない。

天使族なんていう伝説の種族が、たった一人の魂のために敵対する勢力を創り出そうとしている。それに備えたい。言葉にすれば簡単なことなのに、正直に話せないジレンマにエルサは悶《もだ》えた。

「……不安はあると思いますよ。だって、もうエリーナ様を守ってくださる魔王様はいらっしゃらないんですから」

「それだけの理由で……ワタシの氷を砕くなんてこと、できないはず。寿命を削るほどの修行でもしないと。無理。そこまでをして、あの子は一体何を求めてる？」

スノウの氷は本物だ。見かけこそ脆《もろ》い氷そのものだが、その硬度はヒビを入れることすら叶わぬ魔族がほとんど。その鉄壁を以てしてスノウは子供達を守ってきたのだ。

「あの時、エルサを拘束した氷にも手加減なんてしなかった」

「顔見知りにそれもどうかと思いますが」

「だけど、槍の柄で軽く小突いただけでエリーナ様は砕いてみせた。まるで、目に見えない……もちろん感知も難しいほどの術式の弱点を知ってるような動き」

魔法とは、理論立った魔力の設計図である術式を描いて発射するもの。その結果として現れる現象にもその残滓《ざんし》はある。だが、それは一流の魔道士が集まって研究した末にようやく見付けることができるようなもの。

「……魔王の血？」

「偏にエリーナ様の努力のおかげですよ。もちろん、それも否定はしませんが」

「それだけの才能を秘めた子が……悪に堕ちてしまわないか。それが心配。力は人を惑わせる」

今ここにいるスノウ……氷楼の魔女とまで呼ばれた彼女は、長く生きている。それはつまり、魔王による統治が始まる前の内乱時代を生き抜いた実力者であるということ。そこで多くの悲劇を見てきたであろうことは想像に難くない。

エルサはしかし、自信を持って首を左右に振る。

「あの方は、決してそんなことにはならないですよ。完璧だなんて言えませんが、誰よりも善良で優しい方です。何より、正しい心をお持ちです」

「……そういう高みにいる人間ほど、堕ちた時の衝撃は凄まじい。だから。エルサ……アナタも、鍛える」

「……は？　私もですか？」

ぽかんと口を開けたエルサに、スノウはびしっと指を突きつける。

「アナタが弱いとは言わない。だけど。もし……アナタが殺されてしまって、エリーナ様の心が壊れるようなことがあれば。ワタシはアナタを許さない」

言われて、エルサは自分がいなくなろうとした時のエリーナの取り乱し様を思い出した。年相応に……それ以上に寂しがり屋なエリーナから、大事に思われることは嬉しい。だが、それが枷になる日が来るとすれば……。

だが、その心配はないだろうとエルサは知っている。自分だって、ただの魔族ではないのだから、と。

「だったら、私もまとめて守ってくださいよ。スノウ様」

「……エルサ」

「エリーナ様は今、新生魔王軍の設立を始めていらっしゃると思ってくださって構いません。しかし、その敵は人間ではありません。エリーナ様はずっと昔から同じ……平和を愛していらっしゃいます。それだけは確かですよ」

「平和……血の匂いの絶えないこの魔大陸に？」

エルサはそれに頷く。だからこそですよ、と一言挟んで。

「力を持つことは必須条件です。ですが……人間の平和すら愛したエリーナ様のことです。決して悪しき世界になんてしませんよ」

「……じゃあ、ワタシの所に来たのは」

「きっと、お誘いがかかると思いますよ。エリーナ様は今、矛《ほこ》しか持っていませんから……エリーナ様の盾が必要なのです。どうですか、魔族同士の争いもない、人間も攻めてこない、そんな世界で生きていく子供達を、見てみたくはありませんか？」

スノウはしばし考え込んで……珍しくクスリと笑った。

「子供の夢は、いつだって壮大。だから、ワタシは好き。でも、エリーナ様が手を出そうとしているのは覇道と呼ばれるもの。子供のワガママだけじゃ叶えられない。それでも、あの子がワタシを必要としてくれるなら……その時、考えることにする」

「ええ、ぜひとも」

　エルサもなんとか会話を乗りきったことに安堵し、後はエリーナ自身に任せることにした。穏健派の代表のような子供好きの魔族一人引き入れられないなら、軍の設立など無理な話なのだから。

「最近はワタシもボルケイノの相手で忙しかったから……子供達のあんな楽しそうな顔を見るのは久しぶり。エリーナ様には、やっぱり人を惹きつける何かがある」

「ええ、そう思います。しかし……いかにボルケイノ様といえど、スノウ様相手にそこまで戦えるとは思えませんが……。それほど数が多いのですか？」

　ボルケイノは一括《くく》りにしてしまえば強い部類に入る魔族だが、とてもスノウと対等に戦えるだけの武力はないとエルサは記憶していた。魔王に従わなかった魔族はそこそこの数がいるが、それが今も生きているのは、人間側の武力と比べれば無視しても問題ないと判断されたためである。

　魔物にしても、より強大な魔力についていくわけだから、隠れて生きるしかできなかったのはどの反魔王魔族勢力にも言えることなのだ。

「魔物も配下も、別に多くない。ボルケイノ単体なら、すぐにでも決着はついている。だけど……ボルケイノは敗色が濃くなると、すぐに退くようになった。そして、次の日に完全回復して戻ってくる。あり得ない」

「……何か、強力なバックアップが？」

　戦いは魔力も体力も消費する。丸一日休めば体力自体は戻るだろうが、魔力の回復速度に関しては一概にそうは言えない。エリーナがしていたような一日毎に全魔力を消費するような自殺行為は、魔王の娘という器があって初めてできる芸当なのだ。

「……ワタシも、ハッキリは見てない。けど。膨大な魔力を溜め込んだ何かを隠し持ってるみたい。それを持ち込んだのは……多分、人間の女。魔術師」

「まさか……魔族に人間が協力しているとでも？」

逆なら、まだ可能性はある。魔王討伐が成され、残党狩りに人間が来るという話ならあり得るのだ。ならば……とエルサは思考を巡らす。そして、たどり着く。

「その人間が、ボルケイノ様を差し向けている？」

「そう考えるのが、自然。でも……あの頑固者が素直に従うとは思えない。それでも従っているのなら……一軍の魔力を肩代わりできるほどの存在が来たのなら、ワタシを直接攻撃しに来ないのも妙な話」

だからスノウも攻めあぐねているのか、とエルサは納得できた。スノウの戦闘スタイルは基本迎撃型なのだ。向かってくる敵を鉄壁の氷で押しとどめ、それを次第に勢力ごと凍らせてしまうという何とも豪快なスタイル。

そして硬いということは転じて鋭利な刃物にもなるということ。そんな氷の雨を放たれたら誰も無傷で帰れはしない。そうして多くの魔族勢力を寄せ付けず、氷の城を構えていることからついた異名が、氷楼なのである。

そんな魔女が、今初めて焦燥を見せていた。そして、ぽつりと零す。

「……エルサ。もしもの時は、アナタにワタシの子供達を……」

「申し訳ありませんが、私の手はエリーナ様でいっぱいいっぱいです。もし手が足りないのなら……エリーナ様を頼りになさってください。きっと、我が主人は応えてくれるはずですとも」

「ワタシは、子供は戦場に出さない」

そのスノウの意思だけは、確固たるもののようだった。だけど、一つだけ勘違いをしている。魔族に成人の歳はないのだ。

「エリーナ様はもうただの子供じゃありませんよ。ご自身でおっしゃったじゃないですか。あなたの氷を砕くほどの力を身につけられたエリーナ様なら……次期魔王として立派にあなたをお守りになることでしょう」

「……ワタシが、守られる？　そんなこと、考えたこともなかった」

だからスノウはただ、夢物語でも語るように。

「もし、そんなことになったなら……永遠の愛と忠誠を捧げる」

「あ、愛は許しませんよ。エリーナ様は私のものですから！」

そんな、幼女一人の取り合いをする魔族二人のやりとりは、遊び疲れて子供達が眠りにつくまで続いた。

第四章　魔力という災厄

「……暑い」

　ふと聞こえたそれが、私自身のものであったことに気付いて目が覚めた。体にいくつもの温かい肉の感触。起き上がってみれば、先ほどまで一緒に雪の上を走り回っていた子供達が群がるように昼寝していた。

「確かに、子供って可愛いのかもしれないわね」

「あんたも他人から見れば立派な子供じゃねぇかい。ゲラゲラ」

ティルが笑う。まあ、確かにそれもそうかと私は起き上がって部屋の外へと向かう。すると、当然のようにエルサが控えていた。

「……もしかして、ずっと見張っててくれたの？」

「いえ。エリーナ様だけ起こそうと思いまして。タイミングが良かったみたいですね」

そうは言うけれど、エルサの周囲に積もった雪に足跡は見られない。どのくらいの時間で足跡が消える仕組みになっているかは知らないが、まあそれなりの時間立っていたのだろう。

「悪いわね。待たせちゃって。魔族の子供って本当にすごい体力ね。遊んであげてるこっちが疲れちゃうわ。スノウ姉さんもよくやるわよ」

「スノウ姉さん、ですか」

「ん？　ああ……。レーナがそう呼んでたから。口馴染みもいいしね」

だが、エルサはどこか釈然としない表情で。しかし何も言わずに私の腕を掴んで廊下を歩き始める。

「さあ、着替えましょうね。その前に湯浴びも済ませましょう。汚れてしまったでしょう？」

「いや、綺麗な雪と氷だけだったし……あ、でも汗は確かにかいたわね……って、痛い痛い！　エルサ、何か握る力が強い！」

「はっ！　申し訳ありません！　つい……」

どうしたのだろう。いつものエルサと違うということくらいは分かるが……。何だか、今日は妙に距離が近くて、その、照れる。

「ね、ねえ。聞いてよエルサ。私、誰に向けるでもない魔法を使って子供に喜ばれたのなんて初めてだったのよ！　子供っていいわよね。あんなことで喜べるんだから！」

「……そうおっしゃるエリーナ様が一番楽しそうでしたけどね。あの光の魔法は何だったのですか？　攻撃用でも支援にも見えませんでしたけど……」

「あー、あれはね……。私の凱旋《がいせん》パレードの時、びっくりさせてやろうと思って密かに研究してたの。また魔力の無駄遣いって言われちゃうでしょうけど、ね」

魔王を倒した勇者として。誰か祝ってくれる心当たりなんてなかった。だからこそ、せめて盛り上がればと編み出した魔法だった。まさかこんな場面で使うことになるとは思わなかったが。

「……披露する機会なんてもうないと思ってたから、ちょうど良かったわ」

「エリーナ様……」

エルサは掴んでいた私の腕をたぐり寄せるように胸に挟む。上質な生地の触感と体温で包まれて思わずエルサを見上げた。そこには何か必死めいた色があった。

「私は、知っています。以前のあなたも、以前のエリーナ様も、今のあなた方も。ですから、エリーナ様のことを一番よく分かってるのは私なんですからね」

「そりゃ、そうでしょうけど……。まあ、これから先もそんな人は現れないでしょうし、頼りにしてるわよ」

「それならいいんです」

私の言葉に満足したのか、エルサは再び歩き始める。腕を組むような格好のまま。

「にゃー！　おゆ！」

そして、寝室からレーナが飛び出してくる。小さな体では体力もそうないのか、いの一番に眠っていたはずなのに、もう目が覚めたのだろうか。

「レーナも一緒に浴びる？」

「ほわほわしてると。みんなよろこぶ。あらって？」

確かに、雪の中で走り回ったせいかレーナの体は濡れて見た目の体積が半分ほどになってしまっていた。エルサはそんな私達を見て、ようやく笑顔を見せてくれた。

「ふふ。それじゃあ、二人とも洗っちゃいましょう。綺麗な体で朝を迎えると気分がいいですよ？」

エルサに腕を組まれたまま、レーナが私の頭の上にべちゃりと。まあ、これから洗うからいいけど……。

「えりーな。楽しそうだった」

「……気のせいよ」

「レーナも、楽しかった」

「そ……。レーナも前からこの孤児院に来ていたの？」

聞いてみたが、レーナはただ鼻息を漏らすばかり。その問いにはエルサが答えた。

「エリーナ様は勇者様を追いかけるのに一生懸命でしたからね。密かに引きこもり姫と呼ばれるほど……」

「にゃ、にゃ、にゃ！」

レーナが頭の上でエルサにパンチしようとするものだから頭が揺れる揺れる。決して悪い気分はしないのでこのままにしておくけど。

「ん。おはよう」

そこへ現れたのはスノウ。その身には少なくない量の血が付着していた。その場にいた全員が仰天した。

「す、スノウ姉さん。どうしたの？　怪我？　治癒……は使えないけど、とにかく処置しないと……！」

「心配ない」

嫌な場面を見られた、とでも言いたげにスノウは唇を尖らせて無造作に服を脱いだ。その先に広がる桃源郷……を見る前に、レーナに目を塞がれた。ふにふにと肉球の感触が心地良い。爪でも出されたら面倒なので素直に目を閉じる。

「スノウ様！　何をしていらっしゃるんですか！」

「ん。湯浴びに行くんでしょう。だったら一緒に……」

「申し訳ありませんが、これからエリーナ様のお体を洗おうとしております。部屋は分けますから、スノウ様はとにかく体を隠してください！」

そんなエルサの慌てようにスノウは心底理解できないとでも言いたげに首をかしげる。

「女同士なんだから。気にすることない。早くしないと、子供達が起きてしまう」

「うー、うー、いや、そうなんですけど！」

じれったく思ったらしいエルサが身じろぎする気配を感じる。しかしまあ、この体で生きていく以上乗り越えなければならない試練ではないか。女の子と一緒にお風呂に入る。たったそれだけのことで私はもっと高みに上れるような気がするのだ。

「心配ない。うちの風呂は広い」

「風呂って……お湯を溜めた部屋ですか？　氷の城にそんなもの作って大丈夫なんですか？」

「体に影響のない温度に負けるほど柔な氷は作ってない。内部はちゃんとした素材を使ってるから。気持ちいい」

どうやら、風呂に関してはスノウも自信がある様子だった。ならば、せっかくの誘いを断るのは無粋の極み。打ち首にされてもおかしくない無礼なのである。

口に出すわけにはいかなかったが、そうした私の熱意は長く一緒に過ごしてきた二人には伝わっていたらしくため息二つ。

「行こ。エリーナ様」

今度は逆側の腕をスノウのひんやりした肌が包み込む。左右を比べてみると確かにスノウの胸の方が大きいんだなあ、と冷静ぶってみても中身は完全にパニックである。

「エリーナ様、顔紅《あか》い。照れてるの？　かわい」

「うちのエリーナ様は自分の体くらい自分で洗えます！　その手を離してください！」

……ただ風呂の一つにここまで騒げるものか。と、そこで私は大変魔王の娘らしいことを思いついた。

「そうだわ。それなら、こうしましょう」

◇

スノウの言った通り、風呂場は中々立派なものだった。氷造りの壁はともかく、地面は水が漏れないよう石が敷き詰められ中央に十人は入れそうな円形の湯船があった。そこからはもくもくと白い湯気がこれでもかと吹き出ていた。

「はあっ……エリーナ様の肌。すごく柔らかい」

「ちょっと。うちのエリーナ様を変な目で見ないでください！」

背後でぎゃあぎゃあ騒ぐ二人はそれでも手だけは動かして私の体を洗ってくれる。むずがゆいけど、他人に洗ってもらうのはひどく心地良いと気付いたのは最近のことだ。

スノウの手つきが何というか、汚れを落とすというか撫で回すようなものであったことにはやや戸惑ったが。

そんな私は、決して二人の方を見ないようにしながらレーナが入った樽の中に手を突っ込んでじゃぶじゃぶと。流石にレーナも、もう私の目を塞ぐことは諦めたらしく瞳を閉じながらリラックスしていた。

「気持ちいいか、この。この」

レーナの体を泡立てニャウのツボを押しながら、彼女の口からふしゅーと息が漏れるのだけを楽しみに身を任せる。

女性と裸の付き合いをする時は心を無にするのだ。それが一番だとこの体に入って分かった。以前エルサの裸を見た時に、「目がいやらしいです」とバッサリ言われてしまってそれはもうへこんだからだ。

そうして四人共が体を洗い終えると、待望の湯船だ。どこでも水は貴重であり、さらに体を温めるだけの魔道具を使うそれは人間大陸においても贅沢品とされるものだ。

「ふぃー……」

そこに体を沈めると、ついつい声が抜けて出てしまう。以前にも入ったことがないわけではない

が、体が変わった影響か、私はこの肌と湯が喧嘩しているような一瞬の感触が好きなのだ。

ちなみに湯は何か薬品を混ぜているのか、自分の体も見えないほどに真っ白だった。別に、今更残念だとか思わないけど。

「エリーナ様。気持ちぃ？」

「ええ、最高ね……」

スノウとエルサがこちらへ向かってきたので、ついでに瞳も閉じてしまう。煩悩《ぼんのう》を捨てるのだ。無よ、無の心よ……。

「すのうねえさん。傷だらけ」

無……え？

思わず閉じていた目を開けてしまった。すると、たわわに実った胸が二つ目の前に。いや、スノウ姉さん何するつもりだったの。

しかし、そんな疑問も彼女の体を見れば一瞬で吹き飛んだ。くびれのある横腹にはひどい火傷跡。よく見れば手足も少なくない切り傷に覆われていた。

「それって……ボルケイノとの戦いで？」

「ん。不覚を取った。ついに敵の攻撃手が千を超えた。このお湯はワタシの魔力も混ぜてあるから。すぐに治る」

「そういう問題じゃないでしょっ！」

私は思わず立ち上がってスノウの肩を掴み、睨みつけた。絶対に子供を戦場に上げない。その信念は立派だ。だが、いい加減我慢の限界だった。

「女の子の体に傷をつけられておいて、黙ってられないわ！」

「女、の子……。ワタシ、もうそんな歳じゃ」

「歳なんて関係ない！　たった一人で千人と戦う？　ええ、それだけの力はあるんでしょうね。でも、そんなことどうでもいいのよ！　そんな、そんな孤独な戦いをして……得るものなんて、何もないのよ」

私はいつしか、スノウの姿にかつての自分を重ね合わせていた。だからこそ、言えることがあった。

「……少なくとも、孤児院の子は守れる」

「いいえ。無理ね。きっと今のスノウ姉さんを見れば誰もが思うわ。結局一人で戦うしかないんだ。自分達は守られるしか存在意義がないんだ。大好きなスノウお姉ちゃんは、誰も認めやしないんだってね！　それで……そんな姿を見せ付けて、あなたは子供達の心に何を遺そうっていうの？」

魔王軍幹部を殺して帰ってきて、血まみれの自分を見て引きつった顔をした民衆の姿。右腕を千切れる寸前まで酷使して、理解できないといった風の仲間の顔。きっとスノウはそれほどじゃないにしろ……遠くない未来。そんな孤独に陥ってしまう。そんな気がした。

「……あなたも、共に戦って、勝って……手を叩き合う。それだけのことを、望んではくれないの？」

言い切って、思う。私はスノウの戦いの意味や内容などそう多くは知らない。こんなのは、ただのかんしゃくだ。思うようにいかなかった前世の悔恨だ。だからこそ……孤高の存在になんてなるんじゃないと、そう心から願っていた。

「……怒鳴ってごめんなさい。少し、思うところがあって……」

「ううん。何か。分かる気は……した」

スノウはそう言ってくれるが、それが私への慰めなのか本心なのか、湯気に包まれた部屋では判別がつかなかった。

「子供には、いつも教えられてばかり……。だけど、エリーナ様の言葉は、少し、違う」

スノウ姉さんはしばし顔を俯けて、言葉を続ける。

「傷は治る。戦いには勝てる。だけど……ずっと心のどこかにあった穴が、塞がった気分。エリーナ様も、きっと大変だった」

「私なんて……」

「たいしたことない？　そんな子の言葉に、打ちのめされたワタシは……もっとたいしたことない？」

「そ、そんなことは！」

そしてスノウは私の体を抱きしめると、自分もろとも湯船に再び飛び込んだ。もろに湯を飲み込んだ私を見てくすくすと笑って……浮かび上がってきて、満面の笑みを浮かべる。その変わり様に私の心が少し跳ねた。

「一人でできることは、やってみる。でも……無理な時は、エリーナ様に頼る。それで、許し

「う、え……。許すも何も……私に、強制できることなんてないわ」

「ワタシには、エリーナ様が描く平和なんて見えないけど……平穏なら、て？」

分かち合える、きっと。

「ワタシも、その輪に入れて」

ああ、もしそうなったなら……きっと、もっと楽しくなるはず。私は何だか満足して、再び湯の熱さに意識を向ける。氷の壁から流れる冷気はむしろ心地良く、絶対にこの場所をなくしてはならないと、心に強く刻んだのだった。

◇

スノウの城から西方に氷の通路がしばらく延びていた。おそらくは対ボルケイノ戦の場所まで繋がっていることだろう。それは真新しい氷の感触からも分かった。

これ以上スノウ一人を戦わせるわけにはいかない。そう判断して、私はエルサとレーナと共に城を抜け出してきたのだった。魔族としての面子が何だ。そんなもの、私の仲間になってくれればいくらでも取り返す機会を与えてやる。

その道を歩きながら、エルサと話していた。

「スノウ姉さんは、自分の作ったフィールドで戦うのが得意みたいね。自分の魔力で作った氷の上でこそ、真価を発揮するってところかしら」

「そうなんですか？　よく見ただけで分かりますね……そういえば、スノウ様が不審がっていましたよ。自分の氷がエリーナ様に割られるなんておかしいって」

おかしい。あり得ない。聞き飽きた言葉に、何だか苦笑してしまう。

首をかしげるエルサに、私は解説を続ける。

「そうでもないと、自分の根城に通じる道をご丁寧に造るわけがないでしょう。風呂を自分専用の治癒施設にしちゃうくらいだし、場所の影響を受けやすい魔法を使っているのね。こんなのはただの経験則よ。場数を踏めばある程度は予測できるわ。絶対に間違ってないなんて言えないけれどね」

「はあー。なるほど。それでスノウ様はあんな目立つ城から動かないんですねえ」

どうもエルサは他のことに関しては一流でも、戦闘にまつわることは知らないことが多いようだ。

いや、戦嫌いのレーナと一緒にいたなら、そうなっていてもおかしくはないか。

それに、知らない方がいい。相手の弱点など。対策など。降りかかる血の味など。屍《しかばね》の山に一人立つ気持ちなど。

それは私の望む平穏からは最も遠い。だけど、きっと越えていかなきゃいけないことだ。それは……きっとエルサが知るべきことではない。

「でも、間違っていないなんて言いながら、自信たっぷりじゃないですか」

「これでも、読み違えれば傷を負う生活を送っていたんだもの。そこまで卑屈じゃないわ」

さて。そうこうしているうちに、戦場にたどり着いた。なぜ一目見てそう分かったかは、血が流れていたからなんて理由じゃない。

「……凄まじいわね」

私はぽつりと呟く。天に届くほどの氷の山。その向こう側には未だ地面さえ溶かし続けるマグマが広がっていた。まだ残っている大地にも真っ赤な亀裂があちこちに走っている。

地形を変えるほどの魔法の激突。それは人間大陸ではあまり見られない光景だった。征服するはずの土地、守るべき領地を破壊してしまってはどうにもならないからだ。

だが、これは私でなくても、人間の物差しで言うところの帝王級の魔法の痕跡だと分かるだろう。そんなもののぶつかり合いが長期戦に及ぶなど、どう考えても尋常ではない。

「この惨劇が、一対千で行われてるなんて、何の冗談よ……」

帝王級魔法とは名ばかりのものではない。威力は見ての通りだが、消費する魔力量は街一つの全住民が精魂尽き果てるまで呪文を唱え続けてようやく形を成すほどのものだ。もちろんそんな魔力の波動があれば、敵は真っ先に潰しに来るし、あまり実践的ではないのだ。

ならばいつ使われるかというと、それこそ一個師団を配置して防衛しながら逆転の一手を打つ時か、もしくは敵地を死地にしても構わない覚悟で大戦争を仕掛ける時だ。

「ボルケイノは……ここまでして、あの子供達を狙っているの？」

「魔王軍幹部の子供という肩書きは伊達じゃないってことですよ。今の魔大陸はどこも人手不足ですからね。魔王様が統治なさっていた土地なんかを狙って、勢力を伸ばそうと必死になっているんです」

だとすれば余計に妙な話だ。人手不足なのにこんな大規模な魔法を使っておいて……仕留めきれずにまだ向かってくるなんて、あり得ない。

「スノウ様のお話では……ボルケイノ勢力には濃厚な魔力塊でもあったのではないか、とのことです。それほどまでに回復が早すぎると。どれだけ痛手を負わせても次の日には全快して戻ってくるらしいです」

「……そんなの、国宝級の宝よ。一魔族が持ってるわけないわ。大体、そんなものがあったなら魔大陸中の魔族や魔物が群がってるはずでしょう。もし偶然手に入れたにしても、それで配下が千っていうのは少なすぎるわ。魔王という柱を失った今の魔族なら尚更ね」

そこでふと思いついたことがあった。

「例えば魔王城には、魔力を込めればその分復活するなんて機能があったって言ってたけど……人体までとなるとその必要魔力も莫大になるはずよ。それを賄《まかな》えるだけの魔族が集まった……部下の魔力を根こそぎ吸い取って戦っているって可能性は？」

「いえ、ボルケイノ様にそこまでの求心力はないはずですよ。魔王様が君臨してもなお抗った魔族ならまだしも……隠居してしまっておられましたから。それに、魔力は魔族にとっての生命線です。誰も望んで生け贄《にえ》になろうだなんて思わないでしょう。今は人間も攻めてこず明確な敵もいないわけですから」

それもそうよね、と納得する。そこで、背中のティルが唐突に笑い始めた。

「くっく……。おいおい相棒。いつまで知らんぷりしてるんでぃ。答えなんてもう、あんたには分かっているはずだろう？」

「……何の話よ」

エルサは、私がティルとの対話に入ったことを察すると三歩後ろに下がって控える。

「あんたの話じゃあ、あんたの与えた才能には『魔力』があったはずだ。それを得た魔術師が魔族に堕ちた。ほら、解決じゃねぇかぃ」

「……曲がりなりにも勇者パーティだったのよ？　私のことをどう思っていようと……人類の平和を願っていたに違いないわ。それが、ようやく人と魔の戦争が終わった途端、新たな脅威になろうとするわけがない……」

「ゲラゲラ。あんたのお人好しっぷりはもはや盲目レベルだな、おい。剣聖の野郎の件で学ばなかったのかぃ？　人間って奴の中に、あんたみたいに潔癖なほど平和を愛する人間ってのぁ少ないに決まってらぁ。誰しも自分の欲望のために生きるもんだろう？」

……今はもう、何も言い返せない。

私が『魔力』の才能を与えたミザリーという魔術師は誰よりも学ぶことに長けていたのに、魔力量に恵まれず腐っていた人材だった。人間の魔力というものはある程度人によって限界が決まっている。だからこそ、その限界値を大幅に突破する『魔力』を与えれば才覚を発揮するだろうと思ってのことだった。

事実、ミザリーは私の体を束縛するほどの魔法を行使できるまでに至った。広域殲滅においては勇者時代の私でさえも凌駕《りょうが》していたかもしれないほどに。

「もし、そうだったなら……。私が、ケジメをつけるわ」

「その覚悟だけは決めておきな。じゃねぇと、苦しむのはあんただぜぃ。あんたが今……人か魔か、決める時ってことさ」

人間の心を持った魔族。勇者の魂を受け継いだ魔王の娘。確かに、そろそろ決着をつけるべきだ。まだ綺麗な人間でいたいという気持ちと、魔を統《す》べる者としての覚悟、どちらを取るかを。天使族の言う新たな敵が現れるまでに。

「エリーナ様、失礼します。どうやら、ボルケイノ勢力の軍勢が来たようです」

そこへ、エルサの声が突き刺さる。ばっと顔を向けると、確かに全身を紅い鎧で包んだ軍勢がゆっくりとだが、こちらへ向かってきている。

角に意識を向けると、大体の人数が絞り込める……確かに、魔力量も十分な相当数の兵の存在が感じ取れた。どうやら、幻影や何かの類いではなさそうだ。

「応戦するわ！」

「……いえ、どうやらその必要はないようです」

槍を構えた私を、エルサが制する。その指さす先……いつものドレスを着込んだスノウが氷の山の頂上にいた。百ほどの鋭い氷柱を従えたその姿は、まさしく氷上の悪魔。紅の空にこれ以上映える光景は、きっとないだろう。

「……綺麗」

私は思わず、敵がいることも忘れてしまうほどその姿に見惚《みと》れていた。これほど綺麗な魔族がいるという事実に、全身の毛が逆立ったような感覚に陥った。

◇

スノウの猛攻は、激しいながらもひどくなめらかなものだった。氷の槍による絨毯《じゅうたん》爆撃を行った後はふわりと敵中に舞い降り、着地と同時に両の手から発せられた氷で五十は葬ったか。

「あの魔女は私が生まれるより以前から一切の魔族……魔王様も含め誰一人として近寄らせなかった本物の強者なんですよ。心配するだけ損です」

エルサの言葉は冷たく聞こえるかもしれないが、あの一騎当千ぶりを見れば確かに正鵠を射ていた。むしろ、生半可な腕で加勢しようものなら足手まといになるだろう。

だからこそ、共に戦いたいという気持ちが腹の奥底から湧いてくる。あの舞台に私も立ってみたい。それはきっと、私の魂に刻まれた性《さが》のようなもの。だけど今は……。

「チャンスね。エルサ。レーナを連れて城に戻っていなさい」

私は邪龍の鎧の上からローブを被って魔力を練り始める。久しぶりに使うから、どうも勝手が……。

「それは構いませんが、どこへ行かれるのですか？」

「ボルケイノ勢力陣営」

端的に答えた私に、エルサは驚愕の表情を浮かべる。槍を手に取り、再び背に担ぐ。もはや馴染んでしまった、私の隠密スタイルだ。

「き、危険すぎます！　今まさにその勢力が……あ」

言っていて、エルサにもようやく私の意図が伝わったらしい。

「敵の主力が出払ってる今だからこそ、謎の魔力の根源を探りに行くには絶好の機会なのよ。私一人ならどこまでも潜れるわ。別に危険なんて冒さないわよ。ただ見に行って、それらしきものを見付ければ破壊してくるだけ。何も今すぐボルケイノと直接対決しに行くわけじゃないわ」

要は兵糧攻めである。帰還した敵が回復して戻ってくるというなら、その回復手段を潰せばいい。至極単純な話だ。

「でも、もしエリーナ様に万が一があれば……」

「私に？　エルサ、誰に向かって口を利いているの？」

自然、口角が持ち上がるのを感じた。私は単騎をして巨大な魔王軍と渡り合った魂。帝都の深部にまで走り抜け並み居る猛者《もさ》共を翻弄《ほんろう》してきた。敵の少ない拠点一つ程度、近づかずとも破壊できる。だけど……。

「ちょうど、確かめたいこともあるしね」

「……分かりました。きっと、何を言っても無駄なんでしょうね。でも、絶対に帰ってきてくださいよ？」

「ええ。城の子供達も頼んだわよ。特にレーナから目を離さないでね」

そう言い置いて、私はフードの中のレーナを抱き上げてエルサに渡す。そうしてしまえば、エルサもきっとついてこようとはしないだろう、と。

「……」

だが、そのレーナは何か言いたげにじっと私の姿を眺めていた。くるりと光が回ったような瞳に、何を映しているのだろうか。

「見に行くだけって言ってるでしょ。大丈夫よ」

最後にレーナの頭を撫でて、私は走り始めた。纏うのは〈闇《やみ》の帳《とばり》〉という魔法。物陰に隠れる時に使うと有効な程度のものだが、目前のスノウに意識が向いている今なら十分な目眩ましになる。

そして、魔導鎧に包まれた足は熱された地面などものともしない。常からは多少スピードは落ちるが、それでも風より素早く動けるという自信があった。

あれだけの大群でやってきたのものだから、スノウの氷通路にも劣らない道しるべが土には残っている。これをたどれば本陣まで行き着けるはずだ。

「魔力反応……二、かしら」

その道中、伏兵の魔力を感知した。その大きさからして大した魔族じゃなさそうだが……不意を突かれることほど恐ろしいことはない。背中を刺される前に私はその排除を決めた。

かろうじて、という程度に残っていた廃墟に隠れていた奴らの頭上に跳び上がり、一言。

「ごきげんよう」

そして、同時に槍を四突き。的確に胸部と腹の下を打ち抜く。私が狙ったのは、『魔核』という内蔵が存在する箇所だった。一部の学者の間では、魔力の発生源とも言われている。

魔族というものは殺そうと思うと手間がかかるものだが、魔核の破壊は非常に効果的だ。その瞬間から魔力が回復しなくなり、魔法もそうそう撃てなくなる。今の体になって初めて知ったことだが、魔核を破壊した魔族が再び襲ってくることがなかったのは、つまりそういうことだったのだろう。

やがて、廃墟を抜けた先にまだ生活感が残る集落が見えてきた。確かに千人ほどなら暮らせそうな大きさだったが、スノウの城を見た後ではどうしても見劣りする。

「まあ、戦場の拠点なんてこのくらいが普通よね……」

かつての私も、キャンプを転々としながら魔大陸を歩いたものだ、と思い起こしながらその内部に侵入した。

◇

予想通り、拠点の中はほぼ空だった。警備のためだろう魔族は配置されていたが、警戒はどうにも薄い。それだけでボルケイノの戦の腕が知れるというものだ。

「いえ、破壊されても構わない……もしくは破壊されない自信でもあるのかしらね」

油断だけはしないよう、周囲の魔力を捉えながら私は監視の目を縫って物陰から飛び出る。そして、一際大きな小屋の裏門に陣取っていた二人の魔族を槍の柄で、兜も砕ける勢いで殴りつけた。

「ぐ、はっ……！」

断末魔もない。この程度で魔族は死なない。ただ、気絶した分の時間は稼げるはずだ。仲間に見付からないよう、土魔法で魔族の体を地中に隠してから一息吐く。

「何とも回りくどい戦い方でねぇいかぃ。いつかの邪龍の時みてぇにざっくりやっちまえばいいじゃねぇか」

そんな私を指して、ティルが言う。私は少しの憤りを覚えて反論した。

「あんたの呪いのせいでしょうが。万が一、殺しただけで悪しき願いに数えられたら困るのよ。それに……私だって殺しは好きじゃないわ」

「武器も持たねえガキが死ねと願えば、そりゃ俺の力も発動するかもしれんがよぅ……あんたみたいに実力で成せるなら、そうそう願いにゃ数えられねえと思うけどなあ。いつか、その甘さがあんたを殺すかもだぜぃ？　ああ、そうだった。とっくに殺されてたな。ゲラゲラ！」

不愉快な笑いは無視して、私は先に進む。が……その内部は、敵本陣の一際大きな建物にしては異様の一言だった。

「誰も、いない……？」

軍という形態を取っていない魔族は、言うなれば蛮族だ。参謀や何かが控えていないことはそう珍しくはないが……戦争中だというのに、負傷者の一人もいないというのは流石におかしすぎる。先ほどスノウの実力は見てきたところだ。あれで無傷で帰ってきているわけがない。

例えば、拠点には数千人の配下がいて、千人ずつ戦場に出しているなら話は簡単だった。だが、この様子を見るに……本当にボルケイノは全戦力でスノウを攻めているらしい。いやまあ、そうでもしないとあのスノウには太刀打ちできないだろうが。

「ま、それなら話は早いわ。例の魔力の大元を捜すだけだし」

何だか拍子抜けした、というか……魔族の戦い方にいっそ感服するほどだった。本当に全勢力を以てして戦うことしか知らないのだ。警備なんて大事な役割を任せられた魔族の気の抜き方からも分かるように、元々先陣を切って殴り合うのが好きな種族なのだ。

と、そこで一つの魔力反応が近づいてくるのを角が感じ取った。私は咄嗟にもう一つの壁を創り出し、その中に身を潜めた。これだけの広さの部屋なら、一見しただけでは分からないはずだ。

「んー。何か美味しい魔力の匂いがしたんだけどなあ……。侵入者?」

……その姿を見て、ため息を一つ。できれば、推測は外れていて欲しかった。だが、現実とは残酷で世界とは狭くあるものらしい。

茶髪を三つ編みにした、やや背の低い魔術師の格好をした女。「人類の平和のために貢献できるなんて光栄です！」と誓って私の才能を受け取った子……。

「何で、あなたがここにいるのよ……。ミザリー……」

◇

私がかつての仲間が魔族に味方していることに落ち込んだ一瞬だった。やけに明るい声でミザリーは言う。

「一応魔力広げておこーかな」

反射的にまずいことは分かった。体の皮膚にも微弱に流れている魔力を広げる……もちろん相当な魔力を消費する……そんなことをされれば、擬態の壁などすぐに見破られてしまう。

そこで私が取った行動は……。

「纏え雷電」

槍に魔力を流し込むのと偽の壁が破られるのはほぼ同時だった。いや、僅《わず》かに私の方が動きは速い――。バチバチと音を立てて弾ける雷の槍が凄まじい轟音と共に放出された。

「っとお、危ないなあ。お嬢ちゃん、どこから入ってきたの？」

しかし、ミザリーの体に触れる直前で弾かれてしまった。

これは……魔導障壁か。厄介な魔法を……しかも、寸前に張ったんじゃない。おそらくは常時発動しているんだ。じゃなきゃ、さっきの速度に反応できるわけない。一体どれほどの防御魔法を備えていることやら……。

だけど……それにしても、私の攻撃が弾かれた？　最強を冠する魔槍ティルヴィングに魔王の娘の魔力を伝わせてるのよ？

「あは、もしかしてボルケイノの奴に何かされた？　ま、そっちはどうでもいいけど……お嬢ちゃん、いい魔力してるね」

「そりゃどうも……」

改めてミザリーを観察していると、ふと気が付いたことがあった。目の色が違う。雰囲気とでも言うべきか……少なくとも、こんな飢えた狼のような目はしていなかったはずだ。

「あたしさあ、魔力が大好物なんだよねー。人間にしては珍しいかな？　魔族みたいって言われたから魔族側に来てみたけど……やー、いいもんだね。魔力も吸い放題、魔法もぶっぱなし放題。こりゃ確かにいいとこだよ」

それに、この言葉はきっと、私に向けられたものじゃない。自分自身と会話しているような……酔っぱらいの独り言のような。

いや、どこかで見たことがある。そう、これは魔力中毒の患者だ！

「それもこれも、魔力の限界値をぶっ飛ばしてくれた勇者様のおかげだあ！」

……またか。という思いが頭をかすめる。ミザリーは今、言ってしまえば魔力量に溺れている状態なのだ。

魔力中毒とは、治癒魔法なんかで他人に魔力を流しすぎると時折起こる症状だ。許容量以上の魔力を取り入れることで、自身の自然回復する魔力だけでは足りないと我慢できなくなるのだ。

近しいもので譬《たと》えるなら……人間の魔力が大好きな非常に飢えた魔族といったところか。

「あんた、薬でもやったの？　どこぞの神官でも満たせない魔力量があったみたいだけど」

「おっ、いいとこ突くねえ。そうそう。あたし、魔力はたっぷりあるんだけどさあ……魔王が死んじゃってから魔法を撃つ機会がなくなっちゃってねえ。それでも魔力は回復し続けるんだから、あれは地獄だったなあ」

一瞬だけ我に返ったように吐き捨てる。だが即座に歪んだ笑顔に戻り、パンと手を叩いて続ける。

「そのうちさあ、クセになってくんだよ。体をぶっ壊すくらいの魔力が。溜めて溜めて溜めて……一気に解放する時の快感ったらないんだから！」

「そんなことしてたら……魔術回路が焼き切れるわよ」

「ん？　そんなもの……とっくの昔にぶっ壊れてるけど？　だけど、邪神様の加護のおかげでこの通り……自由に魔力を叩きつけられるようになったじゃない。こんな感じにね！」

ミザリーが腕を掲げると、ただそれだけで天井を覆うほどの魔力の塊が現れる。それは燃え盛る火の玉。壁には億千万の棘。そして建造物ごと動かすだけのエネルギーの充満——！

「くっ……！」

「逃がさないよお？」

そして、足下にはいつかも見た黒泥の拘束。足して少なくとも四つの魔法の同時行使。なるほど、確かに回路が焼き切れてでもいないと、人間の身で発現できる現象じゃない。そして私は、雷を放出した直後……！

一瞬の思考の後……私の身に太陽の如き熱球が降りかかり、勢いよく迫ってきた棘付きの壁に押し潰された。自身の鮮血を見るのは……随分久しぶりだった。なんて強がっていても、全身を焼き焦がし貫通する激痛たるやなかった。

「きゃっはは！　弱い弱い！　そうよね、だって私は魔王を倒した勇者さえ殺したんだから！」

「……ゆ、うしゃ……？」

「あれ、まだ生きてるの？　あなたもすごいね！　んん……あれ、あなた、どっかで見たことあるような……」

　血化粧された瓦礫に埋まったような私の姿を見て笑っていたミザリーが、ふと思い出したように指を頬に当てた。

「ああ、いつかの幹部のとこにいたお嬢ちゃん！　魔大陸の何にもない場所で同じ魔族に殺されそうになってた子ね。お人好し馬鹿の勇者が思わず助けに入って……。あなた、そんな弱さでまだ生きてたんだ？　でも、ざんねーん。勇者様は私が殺しちゃったよ？　もう助けてくれやしないよ？」

「どうし、て……？」

「だって、魔王討伐したからって『魔力』の才能を取られちゃったら敵わないからね。どれだけ魔法を使っても尽きないし、すぐに、むしろ大きくなって戻ってくるんだから……もう病みつきよね！」

　そうか。それだけか……。結局、私の才能で彼女の精神を壊してしまった。エイガーは持て余していたが、ミザリーは使いすぎて依存症になってしまった。それだけのこと。だったら、もういい……。

　ついに顔を上げる力さえ失《う》せて、私は瓦礫に突っ伏す。そこからもまだ流血が広がっていく。

「じゃあ……ボルケイノ達の回復も、あんたが……」

「うんっ！　死にかけの頭でよく分かったねえ。あたしのは純粋な魔力の放出だから、あいつらにぶち込んでやったらアンデッドみたいに動くんだよ。おっかしいの。負けて帰ってくる度、魔力を、魔力を……って。あたしはあふれる魔力を使いたいし、あいつらは魔力が欲しいんだから、ちょうど良かったの。まるで女王様みたいだったし！　でも、そろそろ飽きてきたから……終わらせるよ。ボルケイノの首を取りに来たんだったら、残念だったね」

「おわ、らせ……？」

私の声がか細くなっていくにつれ、ミザリーの頬が裂けていく。

「向こう十年は大地を死の海に変える、魔族でさえ耐えきれない呪いの魔法陣をあの目障りな氷の城に仕掛けてやったの！　ああ、どれだけの魔力を使うことになるか……ゾクゾクするわあ！」

城ごと……？　あの子供達がいて、エルサやレーナもいる……スノウが必死に守ってきたあの空間を？

「そう……分かったわ」

「うん。物分かりがいいねえ。じゃあ、そろそろ死のうか。お嬢ちゃん」

「あんたとはもう会話する価値すらないわ。それが分かったって言ったの」

私はそっと顔を上げると、今まで完全に閉ざしていた魔力を解放した。瓦礫の内側で展開していた魔法陣に、魔力を一気に流し込む。

「は……？　何、その……魔力……？」

瞬間、瓦礫さえ溶かしながら這い寄る漆黒の炎。それはさながら地獄の蛇の大群。

「あなたは昔からそうだったわね。弱った相手にはとことん饒舌《じょうぜつ》になる。それでいて強者には遠巻きに策を巡らしていた……今じゃ、それすらしなくなったのね」

「う、や、やだ！　何、この……熱、きゃあああ！」

ゆっくりと足下から灼熱に呑まれていくミザリー。魔導障壁の防御も万能ではない。瞬間的な衝撃や魔法の直撃には強くとも、それごと溶かされてしまえばそれまでなのだ。

拘束からも抜け出した私はそっと彼女の顔を掴みあげ、『魔力』の才能を抜き取る。紫色をした宝玉のようなそれは、確かにかつて私がミザリーに渡したものだった。

「……もうあなたには、必要ないでしょう？　だって、あふれる魔力に溺れるのが好きなんだから。もっとも……一般人以下の許容量しか持てなくなったあなたが、今ある魔力を抱えきれるかは知らないけれど」

「あ、あたしには邪神の加護が……そのはずなのに、何でっ！」

それ以上の言葉は聞きたくなかった。かつての仲間の断末魔など。だから私は、彼女の顔から地を這う炎に沈めた。

「ティル。全速力で城まで戻るわよ」

「……ヒヤヒヤしたぜぃ。あんた、最初の一撃以降、一切の魔力を纏わねえもんだからよぅ……。ついに精神やられて自殺でもするのかと」

「冗談でしょ？　確かに無茶な才能を渡してしまったかもしれないけど……ミザリーのその後の全てが私の責任とはとても思えないわ。今は……かつての仲間の暴走より、スノウ姉さんの方が大事。あの女の癖は知ってるんだから、利用しただけよ。目標は達したわ。後は呪いの魔法陣が発動するより先に……！」

その時、巨大な魔力が爆発するのを感じた。方向は……私が走ってきた方向。すなわち、スノウの城だ。久しぶりに背筋が凍り付くような悪寒を覚えた。

「あ、れは……『腐海』……！」

『腐海』とは、史上最悪の呪い。殺傷能力がない代わりに、人を苦しめることだけに重点を置かれた禁忌の魔法である。一度発動すれば、一国を潰すに値するほどの。

「あの……クソ女……！」

その効力を誰より知っている私は、振り返ることなく来た道を全速力で飛翔しながら城まで戻ったのだった。

幕間　ボルケイノとスノウ

しばし、時は遡《さかのぼ》る……。ちょうどエリーナがボルケイノ陣営に乗り込んだ時、ボルケイノは自ら戦場に出ていた。しかし、スノウと直接対峙はしておらず、隠密での進軍だった。本来のボルケイノ陣営はスノウの城から西方にあるが、今は南方に大回りしての、通常の二倍の手間をかけた行軍である。

その本隊の斥候がボルケイノに告げる。ねじれ上がった二本の赤い筋の入った黒角に、たてがみのような赤髪をした巨漢は、強さというものを象徴したような魔族だった。

「ボルケイノ様。スノウに当たっているのは約百の兵、戦力は拮抗《きっこう》しているようです。どうやら、いつも通りの攻め方ではないことが察せられてしまっているようですが……」

「構わん。しょせんは陽動だ。我の作戦に揺らぎはないわ。全く、あの程度の魔力供給でイカれるとは魔族も弱くなったものだな」

ボルケイノはそう言うと吐き気を催したような表情をして唾を吐いた。ボルケイノの言う魔力供給とは、ミザリーによる純粋な魔力をぶち込むというひどく乱暴なものだ。さらにはあくまで人間の魔力を喰わせているわけだから精神が壊れてしまってもおかしな話ではない。

だが、ボルケイノは自身が強者という自覚があったために、一般的な魔族の適性を省みようとはしなかった。そんな選民思想から集められた精鋭が今のボルケイノ勢力の主たるものだった。

「その、援軍の要請も来ているのですが……どうしましょう」

「ゴミならゴミらしくその身で道を塞ぐ程度はしろと伝えておけ。我が軍の恥だ。どうせ拠点に戻ればまたあの女の魔力で再生できるだろう。グールもどきには相応しい戦い方であろう。どうせあの氷の魔女に同族を殺す度胸などないのだ」

ボルケイノが嫌味に笑うと、部隊にまでそれが伝染する。詰まるところ、類は友を呼ぶということだった。

「でもボルケイノ様。何であんな人間の魔術師を信頼して仲間に入れたんですか？」

「どう考えても怪しいでしょう。そりゃあ魔力量は大したもんかもしれませんけど……それなら食っちまった方が話は早くないですか？」

そんな疑問に、ボルケイノは鼻で笑って答える。もちろんその間もボルケイノ軍は目的地に向かって進んでいる。

「あやつもまた精神がイカれているが、だからこそ置いてやってるのだ。まず極上で底なしの魔力を持っておる。それでいて我を魔力のはけ口にしようだなどと考えておるのだ。しかし、壊れた頭で考えた策など通じはしない。信頼をしているだと？　冗談だろう。此度《こたび》の戦いが終われば永久に魔力炉として活用してやるわ」

ボルケイノはあくまで自分が優位に立つことしか考えていなかった。だからこそ、ボルケイノは逆に利用仕返す価値がミザリーにあると思ったのだ。自分が狩る側だと思ってる獲物ほど狩りやすいものはない。

彼も理屈では認めたくないだけで、ミザリーの魔力自体には一目置いている……というより警戒していた。アレは生半可な覚悟で食らうものではないと。だから、ある程度は彼女の好きにさせていたのだ。

そして、対スノウ戦においても自身はもちろん近しい配下にはなるべく少ない傷で撤退させ、魔力の受け取りも最小限に抑えていたのだった。

「ふん。戦果が欲しいと言うから最前線に出してやったというのに、魔力中毒になって廃人とは。これだから雑魚はいらんのだ」

そう毒づくボルケイノだが、彼を責めるような目で見ている者は誰一人としていなかった。この場にいるのは誰もが魔王の勢力に負けて隠居せざるを得なかった魔族達。今度こそ自分達が覇権を勝ち取るのだと信じて疑っていないのだ。

そして、ボルケイノ軍はようやく目的地までたどり着いた。そこはスノウの城から南方、彼女の魔力感知可能範囲からやや外れた絶妙な位置にあった。

「これか……。ふん。小賢しい人間の魔術師らしい下らん策だ」

そこに設置されていたのは、転移魔法陣だった。驚くべきは、ボルケイノほどの魔族を転移させられるほどの魔力が籠もっていることではない。彼自身もあらかじめ位置を聞いておかなければその存在に気付かなかっただろう巧妙な隠し方である。

ボルケイノがミザリーを生かしておくのにはこういった策謀に長けた面があるからでもある。この転移魔法陣一つだって、放置しておけば魔族や魔物に破壊されてしかるべきものなのに、その周囲に何か仕掛けがあるのか何者かが近寄った形跡すら一切ないのだ。

そのタネはこの転移陣が一方通行なことである。二つの魔法陣を繋ぐのならばその間に魔力のパスがどうしても残ってしまうが、起動した時にある点から別の点へ飛ぶだけなら、確かに察知される確率はぐっと低くなるのだ。

それをごまかすためにもあからさまなマグマの進軍跡などを大げさに残しておくなどの提案は全てミザリーによるものだった。その戦い方は、魔族には到底思いつかないものだ。

魔法陣の無事を確かめたボルケイノは、背後を振り返って声を張る。

「皆の者！　よくぞここまでついてきた。魔王なんぞがデカい顔をして数百年……そして今、人間などに頭を下げてきた屈辱！　その全てが晴らされる時ぞ！　彼の城を攻め落とし、上等な器である魔王軍幹部の子らをこちらへ引き入れる。奴らが成長し我が勢力に加わった暁には、魔大陸征服も夢物語ではなくなる！　長きにわたる雌伏の時は終えたのだ。これより始まるのは、我らが覇道よ――――！」

その声に、大地を揺るがすような大歓声。それに紛れ込ませるように、ボルケイノは粉末状の魔力塊を流した。これもまた、ミザリーに渡された魔道具である。

「あやつは邪神からいただいたとか何とか抜かしておったが……ただの活力剤ではないか。まあ、少しでも力になるなら使わぬ手はないがな」

邪神に遣わされて来た。それがミザリーがボルケイノと出会ってすぐに述べた言葉であった。当初……というより今でもそれは虚言だとボルケイノは欠片《かけら》も信じていなかった。邪神といえば、魔王なんかより遙か昔にのみ存在したという伝説の魔神だ。

そんな者が、あんな人間一匹に声をかけることなどあり得ないと、最初から信じてはいなかった。

だが、その恩恵だと言ってもたらした魔力や魔道具は優秀であったので、使えるものは使おうの精神でボルケイノも動いていた。

「伝令、伝令！『腐海』の発動を確認しました！」

「来たか、禁忌の術……！」

そして、城を囲むように展開された魔法陣が姿を現す。これもまた、ミザリーによって隠されていた策の一つ。途方もなく膨大な魔力を持っている者にしかできない、魔力をさらなる魔力で隠すという力業を以てして成せるものだった。

「無限の魔力と雑兵。さらには強力な配下、次世代の側近候補達……。今、全ては我が手に落ちる！」

ボルケイノが、開戦の合図を送る。すると、これまでの速度は何だったのかというほどの素早さで魔族の群れが城へ向かって走り始めた。

「我が与えた力を、存分に発揮してこい！」

そう送り出したものの……ボルケイノは、自分にだけは活力剤を使う気はなかった。ミザリーからもたらされたと告げる気もなかった。人間の魔術師が「邪神様からの贈り物」だとか言って渡してきたものなど、怪しくて仕方ない。

しばらくすると、また斥候が進軍の正面から走ってきた。今度はひどく息を切らした様子で叫ぶ。

「で、伝令！　敵方に若い上位魔族が多数！　その数、百では収まりません！　タイミングからして、孤児院の卒業生と思われます！」

「ちっ……。各地に散らばっていると思っていたが……やはり結束は固かったということか」

　これはボルケイノにとっては想定内のことだったが……できることなら起こって欲しくない事態だった。スノウの育て上げた子供達……雪っ子なんて名前で呼ばれてはいるが、その実力は確かだ。何しろ、多くが魔王に付き従った上で出世した幹部を親に持つ子らなのだ。

　魔王軍のなくなった今でも、いや、むしろ魔王軍壊滅後に力を見せ始めている勢力である。その心根が孤児院の継続という穏やかなものであるために他の魔族も積極的に攻撃をしかけようとはしないが、ボルケイノの考えは違った。

「強い者からは強い者が生まれる。それが魔族の鉄則だというのに、何故分からんか……！」

　ボルケイノは決して頭が悪いわけでも力が弱いわけでもない。むしろ、人一倍頭が回り魔族としても上位の存在だった。だが、惜しむらくはその我の強さだ。持論を変えようとしないということは、時流についてこられないことだ。

「進軍している者は城外部の部隊に当たれ！　スノウへは我が直接引導を渡してやる！」

　魔力を通して発した声はすぐに部隊中に広がり、陣形を変えながらの走行へ移り変わる。ボルケイノはそう簡単には退かない。省みない。だから、これもまた邪神とやらのバックアップがどれほどかを見極める指針となる程度にしか考えていなかった。

　彼の中にある思いはただ一つ。化石のような目的意識だけだった。

「スノウ……随分長い付き合いになったが、今日で貴様は終わりだ。魔王軍幹部の器、いただいていくぞ……！」

◇

ついにたどり着いたスノウの城。そこに至ったのはボルケイノ一人であった。遠くから眺めるだけでも雪っ子達の実力は確かなもので、あれに全力攻撃されればたとえボルケイノ勢力の精鋭と言えど足止めはやむなしだろうと判断してのものだった。

僥倖《ぎょうこう》だったのは、激しい魔力のぶつかり合いのおかげで抑えたボルケイノの魔力を悟られることなく城内部にまで入り込めたことか。

「これが邪神のマスクとやらか……。確かに、瘴気を通さないというのは事実らしいな」

『腐海』の効果は確かなものだ。それはボルケイノほどの魔族ともなれば察せられるものだった。だが、そこに乗り込んで自身も毒にやられてしまってはどうしようもない。そこでミザリーから渡されたのが、邪神の加護がついているという触れ込みのマスクだった。

正直半信半疑で身に着けたのだが、ここまで来ると流石にボルケイノの思考にも変化が現れる。

作戦成功の暁には邪神とやらの話をもう少し聞いてみるか、と考えを巡らせながら城の中枢《ちゅうすう》へ向かってどす黒く染まった雪を踏みしめていく。

そして、たどり着いた。夢に見るほど欲していた場所に。あまりに呆気なく。

「……無様な姿だな。スノウ」

　そこで見た光景を指してボルケイノはそう呟いた。そこにはあちこちに傷を負ったスノウの後ろ姿と、氷の壁に守られた孤児達がいた。いつでも余裕を見せていたはずのスノウも満身創痍《そうい》の様相で、肩で息をしていた。それを見ているしかできない子供達の何と弱きことか、とボルケイノは頭を抱えた。

「貴様一人なら逃げることもできたであろうに。いつまでも弱者として子供らを守るなどと抜かしているからそうなるのだ。氷楼の魔女よ」

「ボルケイノ……。この毒はやっぱり。あなたの仕業」

「そうだ。そして、貴様の負けだ。スノウ」

　スノウはゆっくりと立ち上がり、それすらもやっとの様子でボルケイノに向かって弱々しく腕を掲げる。

『腐海』は、言うなれば謎の毒素をまき散らす呪いだ。身動きするだけで激痛が走り、呼吸の度に内臓を痛めつける。だけど死ねない。だから、やってきた味方が殺して楽にしてやるしかない。

　そんな悪魔じみたもの。人類間戦争でも使えば他国全てを敵に回すほどの禁忌の術なのである。魔法陣の設置時に込められる魔力自体は帝王級魔法ほど大きくないため、気付かれにくい。しかも、今回に限って言えば魔法のスペシャリストとも言えるミザリーという人間の犯行だった。元々人の少なくだだっ広い城に仕掛けられれば精密探査でもしない限り発見は難しかっただろう。

　しかし、そんな身体でなおスノウは立ち向かう。背後に子供がいる限り、彼女は倒れるわけにはいかないのだ。

「まだ、終わったわけじゃない。ここでアナタを撃退すれば。済む話」

だが、戦場では一瞬で万の氷の槍を模《かたど》ってみせたスノウも、今はたった一本の氷柱を作るので精一杯の様子だった。それが躱《かわ》す気力も起こさせないほどの低速でボルケイノに襲いかかるが、毒で弱った身体から発射されたそれの何と脆いことか。ボルケイノはただ腕を払うだけでそれを砕いた。

「……つまらんな」

ボルケイノは誰に言うでもない呟きを漏らす。彼は今、やはりミザリーの策略になど乗るんじゃなかったと僅かばかり後悔していた。力ある魔族とは、こと戦闘においては高潔さを重んじるものなのだ。

結果を重視する性格であるボルケイノにしても、やはり血は争えなかったということ。結果にも得るものにも何も影響は及ぼさないが、その一点だけが不満だった。

「焼灼せよ、我が腕よ」

ボルケイノは炎熱系の魔法が主軸であり、唱える呪文もそれだけで十分だった。幾度となくスノウの氷に阻まれてきたその腕が今……いとも容易くスノウの脇腹をえぐった。それをした彼自身が驚きに固まってしまうほどに。

だが、すぐに理解した。呪いだ毒素だという以上に……氷でかろうじて守っている子供達を庇っているせいで、スノウは防御の姿勢さえ取れないのだということを。そのことに気付いたボルケイノは頭に血が上るのを抑えきれなかった。

「貴様は神でも気取っているつもりなのか⁉　魔族に力は必須。それが揺らぐことなど永久にあり得ない！　なのに、それだけの子供を抱えて鍛えるでもなく守るだけだと？　それが将来、その子自身を殺すことになるとなぜ分からんのだ！」

その慟哭《どうこく》はほぼ正鵠を射ていた。少なくとも、ボルケイノが生きてきた時代では確かにそうだった。だからこそ、子供を戦場から遠ざけようとするスノウとは分かり合えなかった。

だが……魔王が倒れた今、魔大陸は大きく揺れている。そのせいでこうも認識の違いが生まれてしまうのか、とスノウは荒い息の中にため息を一つ。

「どうして……。なぜ分からない。もうそんな時代は終わった。魔王様は亡くなり。今や魔族は戦うしかできない種族ではなくなった。戦争なんてもうそうそう起こらない。起こさせないための悲劇を人と魔の間で生んできた。なら。この子達にはそれぞれの幸せを見付ける権利がある。子供が帰る家を持つ自由。将来を思うままに決める自由。魔法に攻撃以外の魅力を見付ける自由。私はそれを守ると決めた。これまでも、これからも」

スノウは息をするだけで肺が裂けるような激痛を抱えながら、それでも自身の主張を曲げない。そこだけは譲れないと思って生きてきたから。スノウにすら分からないことだったが、もはや痛み以外の感覚はなく、魔法回路の制御すらままならなかった。

それでもという思いがもたらした、一筋の光明——それは奇しくもエリーナが使っている戦闘スタイル、自身を魔武器の一つと考える魔法の展開が行われた。

壁という壁に魔法陣が広がり、息する間もなく巨大な氷柱が敵を押し潰さんと飛び出てきた。その物量たるや、五体満足のスノウでも中々行使できる魔力量ではなかった。

「……でも。もう……無理」

スノウは正真正銘、全てを使い果たしたという感覚があった。もう身体を支える力すら入らず、広場の床に倒れ込む。その反動のように全身を引き裂かれるような痛みと吐くものもなくなった胃ごとこぼしてしまいそうな気持ち悪さに沈んだ。

だが、そこまでの渾身の一撃も……執念を費やした氷がバキバキと割れて、中から蒸気を上げながらボルケイノは傷一つ負わず出てきた。

「……貴様の力は、我も認めていた。だが、これが結末だ。悪く思うな」

奇跡など起こらない。どんな状況でどんな思いで魔法を放ったとて……それが現実なのである。

そして、動けないスノウを横目にボルケイノは子供達を保護していた氷すらもあっさりと溶かし砕いてしまう。即座に流れ込む瘴気に苦しむ子供達の声を聞いて、決してくじけなかったスノウの瞳にも、いよいよ絶望の色が映った。

ボルケイノは魔法陣が展開された瞬間、反射的に持っていた活力剤を使っていたのだった。そのおかげで驚異的な肉体硬度と魔法阻害の恩恵を受けていた。もし、それさえなければ。スノウは首の皮一枚のところで子供達を守りきれたであろう。

だが、そんな全てをあざ笑うような力こそが、まさに邪神の加護であった。そして、同時にボルケイノは理解する。これは『腐海』さえ凌駕する劇毒だと。全く異質の魔力が注がれる感覚……これに溺れてしまえば、確かにミザリーの崩壊した精神も理解できるな、と。

「残念だ……。貴様のような力の持ち主を殺してしまうことがな。聞き分けがもう少し良ければ、生かしておいてやっても良かったのだが」

ボルケイノは魔獣を捕らえるような大型の檻で子供達をひとまとめにすると、城の広場から去ろうとする。その背に、ひどく弱々しいスノウの声がかかる。

「そんな、ことをしても……子供達の心は、従わない」

「さて。どうだろうな。この瘴気の毒は自然治癒などしない。貴様に教育された生ぬるい子供の精神など、いつまでも保つとは思えん。浄化薬を飲ませる際に洗脳魔法を加えるなど、訳もないわ」

その言葉に、スノウはカッと目を見開く。魔族は力を以てして配下を作ることはあれど、そんな人間が使うような強制従属魔法は恥とされているのだ。だが確かに、今この状況でそれを咎《とが》める者などいない。

法律も何もない世界だ。それをしたところで罰されるわけではない。だが……だが、これだけ禁忌を重ねる魔族など、長きを生きてきたスノウでさえ聞いたことがなかった。

「何で。そこまで……」

「魔大陸制覇のためだ。魔王亡き今、頂点の椅子は空いておるのだ。それを狙わずして何とするか」

「……そのやり方では。すぐに、破綻する……」

「貴様にそれを見る機会はないがな」

そして、ボルケイノはトドメの一撃を刺そうと魔法陣を展開しかけて……莫大な力が近づいてくるのを感じた。城外で戦っている自分の陣営でもなく、雪っ子のものでもない。かつての魔王の如き強大な魔力に身の毛もよだつような荒れた殺気。

「ちっ。後ろから刺されても敵わんな……」

今ここで魔法を放てば間違いなくこちらに来る。それを戦の経験で知っているボルケイノは、最優先の目的である子供の確保に方針を切り替え、城を後にしたのだった。

「スノウお姉ちゃん……助けて……」

スノウの中に、そんな子供の声が残滓《ざんし》として残る。それはスノウにとっていかなる毒よりも痛いものだった。

「負けた……。守り、きれなかっ、た……」

その一言を最後に、スノウは激痛の中に意識が吸い込まれていくのを感じた。この世に奇跡など起きない。

いかなる手段を使おうとも強い者が勝つ。それだけなのだ。そしてそのことを……ボルケイノもまた、実感することになる。

第五章　禁忌の術

　スノウの城まで、そう時間はかからなかったはずだ。しかし、私はその内部に入った時点で愕然として跪《ひざまず》いてしまった。

　かつての透明感あふれる白銀の氷はどす黒く染まり、今にも溶けて消えてしまいそうだった。一歩足を踏み入れただけで伝わってくる瘴気。全身の抗体を総動員させて、ようやく私は動けるという程度の。その毒耐性に至るまでには百を超える工程を必要とする。それと同程度のものを……あの子供達が展開できたとはとても思えない。

「……誰か、いないの？」

　城のどこにいても聞こえてきた子供達の無邪気な声はもうない。新雪のように降り注ぐ城の残骸に、全てが吸い込まれてしまったようだった。

　瘴気のジャミングがひどい中、角の魔力感知距離を最大限にまで広げる。城の外には何百もの魔族反応……。ここじゃないはずだ。もっと繊細に感知を……。

　すると、城の広場にまだ魔力反応が残っていることに気付いた。今更急いでも無駄なことだと分かっていても、駆け足にならざるを得なかった。

　そこに、さらなる惨劇が広がっていることなど分かってはいても。

「……スノウ姉さん」

全身のあちこちが炭になったような様で。飛び散った血や氷の結晶の数々が激戦の匂いを醸し出し。ただ荒い息で苦痛のうめきだけを吐き出して。

「エリーナ、様……。良かった。無事、だった」

それなのに、この期に及んでスノウは私を見て微かに口元を動かし……それに追随した痛みにまた叫び声をあげた。

『腐海』の効果は完全に発動している。私は一目見ただけでそれを理解できた。ただ人を苦しめるためだけに開発された兵器。今回に限って言えば、相手方にミザリーという策謀の天才がいることに気付くのが遅かった。

その結果がこれだ。通常ならば、もう味方である私がスノウを苦しみから解放してやるしかない。『腐海』の発動に成功すればこちらの士気を大きく下げることができる。戦術的には非常に正しい兵器だ。だが……惜しむらくは一つ。不愉快だった。

「何をされたか……分かってる。同じ毒を受けた子供達が……ボルケイノに、連れていかれた」

喋るだけで脳ごと砕けそうな痛みがあるはずなのに、スノウ姉さんはあくまで冷静に私に状況を伝える。言葉と共に流した涙は、痛みによるものか、それとも。

「ワタシは、もうダメ……。だけど、あの子達だけは……」

「いい、いいの。ごめんなさい。ごめんなさい……私が独断専行しなければ……」

呪い発動の瞬間に立ち会えていれば、まだ防げていた可能性があった。だけど私は、自分の力を過信して一気に戦局を決めようとしてしまった。戦争とは、そう単純なものであるはずがないのに！

おそらくは、私が見た軍勢は陽動だったのだ。だから私はあんなにあっさりと本陣まで抜けられた。中身が空っぽだったのは、別の方向に第二陣を敷いていたから。ボルケイノが本気で城を取りに来たなら……いや、今更の答え合わせなどもう遅い。

「泣いて助けを求められた……絶対に守るって約束した……ワタシは、負けた……！」

普段はクールなスノウが、感情むき出しの目で動かせるはずもない腕を上げて私の手を掴む。

「おね、がい……。ワタシは死んでもいい……。でも。子供達だけでもいいから……助けて……！」

助けてと言われた。ならば、拒否するという選択肢は私の中になかった。

だが。だが……どちらを助ける？

子供達を連れ去った兵を追えばおそらくはまだ間に合う。毒への対処が不可能と決まったわけでもない。だが、その場合……スノウが、殺される。

この場に残ってスノウの処置を優先し、おそらくはこれから瘴気対策をして向かってくるであろう本隊の殲滅をする。その間に連れ去られた子供の姿を見失えば……。

なら、スノウを抱えながら子供達を……無理だ。移動の衝撃にスノウの体が耐えられるわけがない。それにその後、毒素をどうにかできなければ……私は助けたつもりの全員を殺すことしかできない。

「く、くっくっく……。絶望的な状況だなぁ。相棒。どうする、願うかぃ？」

「……それで、何とかなるの？」

「別隊を殲滅するだけの業火でも、ガキ共を連れ去った奴を亜空間に隔離でも何でもできらぁ。まあその分、あんたの破滅にまた一歩近づくわけだがなぁ」

いつものことながら、嫌味な言い方。だけど……本当にそれくらいしか取れる手はない、のだろうか。

「どっちにしても、この毒を消し去らないと……」

「そいつぁ俺にゃ叶えられねぇな。ここらでハッキリしとこうか。俺の力はあんたの力の及ばぬ、悪しき願いを叶えることだ。奇跡は起こさねぇ。幸福なんて運んでこねぇ。正真正銘、呪いの武器さ」

こんな時だが、笑える。真の勇者ならば、奇跡を起こす聖剣を持つべきだろうに。そんなもの、この世にはなかった。少なくとも、私の手の届く範囲には。

「……私の力が及ばない願いしか、叶えられない？」

そうだ、私はもう勇者じゃない。そして、ティルは言った。毒を消し去るという願いは成立しないと。つまり、私の力でどうにかなるということだ。でも、この身は魔族で、魔王の娘で……。

「ふ、ふふ。だから何だって話よね……」

魔族だから悪しき存在だなんて、敵方の人間族として過ごしてきた私の偏見だった。もちろん神様にでも毒を浄化するような神聖魔法は使えない制約程度はつけられているのだろう。だが、それを補って余りある力がある。

「スノウ姉さん、ごめんなさい。あなたの全てを、もらうわよ……」

「エリーナ、様……？　うぷっ」

私はそっとスノウの唇に吸い付いた。血の味をしていてもなお、蕩《とろ》けるほどに柔らかく心地良い冷たさがあった。

禁忌には禁忌で。それしか手段はない。

それは、奴隷化の儀式。神に全てを捧げる信徒が行うような。永遠に王の部下として裏切れぬよう科される枷。しかもこれは、一方的な魔力の差で押しつける強制的なものだ。人として、許されることではない。人間の国においては死を以て償う重罪だ。

「スノウ姉さん、あなたはこれから、私のモノよ。……後でいくらでも、罵ってちょうだい」

そう。私にはただの魔族にはない技能があった。私のモノならば、全てを思い通りに受け渡しできる『譲渡』の力が。自分の才能を分け与えるために創ったものだが、相手から奪い取ることもできるという特性があった。

舌を伸ばして、スノウ姉さんの中にある毒素を探っていく。間違いなく口を通って毒は入ってきたはずだ。ならば、見付からない方がおかしい。そして……ようやく見付け出した。

見付け出した毒を一気に吸い込むようにさらに激しく唇をむさぼる。一つの賭けではあったが……どうやら、私の毒耐性なら、耐えきれそうだ。というか、この毒素は……魔大陸に現れた封印されし邪龍の毒、そのものだった。なら、私の体内でなら打ち消せる！

「あ、り……エリ……ま」

スノウは体から毒が抜けていく感触に安心したのか、ようやく気を失うことができたのか……そっと目を閉じた。

「ようやく、役に立ったわね。私の『譲渡』も……」

そして、勇者時代の知識と技術も。その上で魔族としての自分を認識する。たった今ようやく……それが分かった気がした。

スノウ姉さんを担ぎ上げ、とにかく瘴気の届かない範囲まで運び出そうと城を抜け出した。すると、足下に何だか妙な感触があった。

「……いたい」

それはレーナだった。しかも、スノウを運ぶことに精一杯だった私はそれに気付かず踏んづけてしまっていた。

「わっ、ご、ごめん！　ていうか、あんた入ってきて平気なの？」

この城は未だ瘴気に包まれたままのはずだ。ただの魔獣であるレーナがいられる環境じゃない。

「なんか、へいき。それより、エルサたちがたたかってる」

「エルサが？　どうして……」

これ以上の問答を時間の無駄と判断したのか、レーナが私の顔に飛びついてきて告げる。

「みなみ。すぐそこ」

とにかく、言われるがままにトップスピードで駆け抜ける。レーナの指示通りに走っていったその先では……。確かに魔族同士の衝突が起こっていた。片方は見覚えのある赤鎧の集団だったが、それに立ち向かっているのはまた別の勢力のようだった。

「エリーナ様、ご無事でしたか！　スノウ様も……」

ぽかんと口を開けてそれを見ていた私に、エルサが駆け寄ってくる。いつも清潔な侍従制服は煤《すす》やら血を浴びていた。

「エルサ。これはどういうこと？　あの人達は……」

「城での大きな魔力反応を見て、駆けつけてくれたみたいです。かつて、この孤児院で育った魔族の子達ですよ。エリーナ様に言われて戻ってきたら、既にこの状況でした。連れ去られた子供も追ってくれているみたいです」

その数は、ボルケイノ陣営にだって負けてない。むしろ圧では押しているほどだ。それは、ただの気迫。されど、その猛攻は凄まじかった。

「スノウ姉に手ぇ出したこいつらを許すな！」

「あの人に何の罪があったってんだよ、このクソ共が！」

「一匹たりとも通すなよ！　瘴気が晴れたら必ず助けに行くぞ！」

そんな言葉を口々に叫びながら、魔法と剣が入り乱れる。その姿を見て、私は思わず笑いがこみ上げてきた。

「何よ……しっかり報われてるんじゃないの。孤独ぶっちゃってさ」

風呂場で叫んだ私の心配は杞憂だった。その事実が、他人事ながら何とも気持ち良かった。

◇

「で、今の状況は分かったわ。体内の毒を消し去るまで、話を聞かせてもらうわよ」

　ボルケイノ勢力とスノウの育てた子供達との戦いは拮抗している。ならば今はスノウの治療と子供達を追うのが優先だ。だけど、今の私は万全とは言いがたい。あまりに瘴気と毒素を吸いすぎて、回復までしばしかかりそうだった。

「あ、その前に……スノウ様のご無事を知らせませんと。あの子達、死んででも戦っちゃいますよ」

　エルサはそう言って、後衛に控えていた魔族の男を呼び出して私の膝枕で眠るスノウの姿を見せる。

「す、スノウさん！　それに、あなたは確か……魔王様のご令嬢じゃないですか！」

「ええ、まあ。この通り、無事じゃないけれど命の危険はないわ。城も瘴気でダメになっているし、無理に守る必要もないでしょう。だから、無茶な突貫はしないように」

「分かりました。そうなれば我々も戦いやすくなります！　本当にありがとうございました！　あなたは我等の恩人です！」

　……仕方なかったとはいえ、そんなスノウ姉さんを私の奴隷にしてしまったなんて言ったら、今度は私が殺されるかもしれないわね。理由もこれまた説明し辛いし。

「孤児院の子達の位置情報は掴んでるのよね。その情報だけ回してちょうだい」

「はっ！　仰せの通りに！」

魔族の男はそう言って去っていった。そして、再びエルサに向き直る。

「『腐海』の発動に、あなた達は間に合わなかったのね？」

「あれが、人間の使う禁忌の魔法陣ですか……。ええ、エリーナ様という戦力がいない中、あの敵中から脱するのに時間がかかってしまって……。スノウ様は常の戦況とは違うことにいち早く気付いたらしく、すぐに城に戻られたんですが……。申し訳ありません。とても私の足では追いつくことができませんでした」

「いえ、あなた達まで瘴気に呑まれる事態にならなくて良かったわ。魔法陣を仕掛けたのは策謀の天才だったんだから、仕方ないわよ。しかも、魔族同士の争いに人間が割り込んでくるなんて誰も思わないでしょうし……。エルサ、あなたに落ち度はない。それより、今の状況を説明なさい。ボルケイノ陣営には……邪神とかいう輩がバックについてるのね？　じゃなきゃ、邪神の加護を受けた邪龍と同じ毒素がスノウ姉さんから出てくるわけがないわ」

私の言葉に、エルサは目を見開く。

「まさか、早すぎます。天使族が動くにしても……もっとエリーナ様が以前の力を取り戻してからのはずです」

「どうして、なんて今はどうでもいいの。その邪神とやらが動く可能性はあったのね？」

私の言葉に、エルサは眉をひそめながらも頷く。なら、やはりエルサの言う通り……私のためにご丁寧に『敵』を用意してくれたわけだ。私が世界を破滅させせないために。暇を持て余さないために。私が、私が、私が……。

「ふざけてるわね。魔王の次は邪神だなんて」

「……申し訳ありません。しかし、勢力の均衡を保つための試練を生み出すのは天使族に課せられた使命なのです」

「別にエルサを責めてるわけじゃないわ。あなたはただの監視役。易々と力も解放できない。そうでしょう？」

「やめてください！」

予想だにしなかった大声に、今度は私が驚く番だった。エルサの瞳には、涙が浮かんでいた。

「今のエリーナ様の目は……転生された瞬間、私を突き放された時の目です。憎しみに駆られた、自棄を含んだ……。私だって、悔しいんです。私の立場では、見てるだけしかできなかった……この身ではできることなんてそう多くない。それでも、私だって自分にできることを、と……！」

言われて、私は自身の中にあった感情にようやく気付いた。ぐつぐつと煮えたぎるような憤怒《ふんぬ》。全身を溶かした程度では生ぬるいと思うほどの憎悪。想定外の理不尽へのやりきれない気持ち。あまりに慣れない感情だったために、私自身気付いていなかった。

いや、気付かないわけがない。敢えて無視してきたのだ。私はただ、綺麗でありたかったから。騙すより騙される側でいたかったから。同族を殺すより殺されることを受け入れてしまったから。

「全く、私の視野というものはどれだけ狭いんでしょうね……」

「エリーナ様……」

私は俯いたまま、エルサを引き寄せて強引に抱きついた。血と土埃の匂いにまみれてもなお……彼女の香りは心地良かった。

「私は……もう、勇者ではいられなくなるわ」

「はい」

エルサは、そんな私の頭を抱いてくれる。その温もりに、安堵した自分がいた。

「見捨てたりなんかしないわ。逆よ。あなた達は私こそ真の勇者と言ってくれたのに……自分でさえ勇者であることを切り捨てようとしている私を見て……あなた達が失望しないか、不安なのよ……」

「私は、エリーナ様がどんな姿で戻ってこようと……ただ、迎えるだけです。心の限りを尽くして。それが正しいことならば、スノウ様のようについてくる人は現れるはずですよ」

「憎いのよ……スノウ姉さんを、子供達をあんな目に遭わせた奴が。殺したくて、仕方ないの……。そう思う私は、もう勇者じゃいられないっ……」

「端《はな》からそうじゃないですか。勇者様としてのあなたを求める者は、もう誰もおりませんよ。私も、きっとレーナちゃんも……スノウ様だって、今のエリーナ様を認めてくれるはずです。ですからどうか……そのひどく痛いでしょう楔《くさび》から、ご自身を解放なさってください」

勇者だから、正しくなくてはならない。勇者だから、助けなくちゃいけない。そんな考えはもう……捨ててしまっていいのだろうか。そうした時、私に一体何が残るのか……それが不安だったのだ。それがたった今、分かった。

残るものなら……ここに既に一人、いるではないか。ずっと私を支えてきてくれた人が。

それだけじゃない。私に新たな人生をくれた人もいた。共に戦いたいと思った人も。

そして、その人達も私と同じ気持ちでいるのだ。懸命に誰かを想い、死が近い世界でその誰かがいなくなってしまうことを恐れて、日々自分の戦いをしている。きっと、今までもそうだったに違いない。そこを理解していなかったのだから、そりゃあ人徳なんて宿るわけがないという話だ。

「……私は、ただの魔族よ」

「奇遇ですね。私もそう在ることに決めたんです」

「やられたらやり返す。邪魔なものを蹴倒していく。欲望のままに暴れて、力尽くで夢を叶えようとする……悪になるわ。たとえ、破滅の未来が待っていようとも」

「善きも悪しきも、あなたが歩く道なら、どこまでもお供します」

その言葉と共に、毒素が完全にスノウの体内から消え去った。私はスノウをエルサに託し、立ち上がる。

「行かれるのですね」

「ええ。決着をつけてくるわ」

これまでの、弱かった……甘かった自分に。今度こそ、自分の人生というものを生きてみるために。

「これをどうぞ」

「これは……マント？」

エルサは小さな、肩から提げるタイプの漆黒のフード付きマントを取り出して、私に両手で差し出した。

「私が仕立て、スノウ様が魔力を注がれた品です。エリーナ様が新生魔王となる決意を固められた時……お渡ししようと思っておりました」

「……私が、魔王……ね」

「魔のために戦い、魔のための幸福を追求するなら……避けては通れない道かと」

確かにそうだ。思えば、色んなことが私の拙さから生まれてきた。真の意味で人生をやり直そうと思うなら、勇者から魔王となるくらいがちょうどいいのかもしれない。

「エルサ、私をよく見ておきなさい。種族がどうだなんて関係ないってところを見せてあげるから。私の生き様を、そのよく見える目でしっかりとね。そして、私を迎えてくれるなら……もうあなたに、何もできなかったなんて悔しい思いはさせないわ」

マントを受け取り、装着する。魔族好みの鎧に大きな角。強者を象徴する装飾。それを名乗るなら、私にもう失態は許されない。恐れなど、甘えなど、もっての外だ。

だから私は……『剣術』と『魔力』という二つの才能を込めた宝石を、ごくりと呑み込む。じわじわと全身に広がっていく力……。ひどく懐かしい感覚だった。新たな敵勢力が現れたなら、全盛期の力を取り戻さないことには始まらない。そして私は、もう強すぎることを厭《いと》わない。原因はそこではないことが分かったから。

その名は。

「スノウ陣営！　伏せなさい！」

声には魔力を通した張り。咆哮のようなそれを受けた数百の戦闘がピタリと止まる。私はその隙に大きく飛び跳ね、魔力の巨腕を空に浮かべる。私のアンデッドも使っていたものだ。だが、魔族の魔力を以て模られたそれはひどく禍々しい色をしており、大きさは数倍にも達していた。ならば、

「＜魔王の巨腕＞……！」

それを、赤鎧の集団に向かって横薙ぎに叩きつける。轟音を立てて、鋼の砕ける鈍い音が連鎖する。そして土埃さえ撥ね除ける風が巻き起こり、最後方にいた司令官らしき男魔族以外はひしゃげていた。

「な、何をしている。貴様らぁ！　そんな小娘一匹に……！」

「あなた、いいの？」

そして私は、その男魔族の背後に着地した。槍をぐるりと回して血糊を払う。

「もう、斬ってるけど？」

「な、あ……があ！」

やや遅れて男魔族の鎧の内側から血が飛び散り、ドサリと倒れる。

時間にして十秒。たった数百の勢力にこれとは、私の腕も随分鈍ったものだわ。これは勘を取り戻すまで時間がかかりそうね。この体との同期作業もしなきゃ……。

「……簡単なことだったのよ。殺していいならね。でも、こんなの……つまらないわ」

思えば、本当にギリギリの戦いだったのは対魔王戦くらいのものだった。たった一人だった頃は数秒で幹部も討ち取れたし、仲間に才能を分けてからはちょうどいい戦いを演出できた。長々と旅をして、一撃で敵を葬って去っていく。それがどんなに虚しい行為かなんて、誰も分かりはしないだろう。だから、名剣など持たなかった。古神木から作られた杖など持たなかった。天使族は、そんな私を危険視したのだろう。確かに、私は強すぎた。一切の敵がいないほどに。一切の味方ができないほどに。だけど……心だけは、人一倍弱くできていたのだ。だけど……今は、もう違う。

くるりと身を翻して、未だ動きを止めたままのスノウの子供達に向き直る。その誰もが口をぽかんと開けて、状況が呑み込めない様子だった。

まあ、いい。バケモノ呼ばわりされても、私には仲間がいる。今更それを怖がったり……しない。

「く、くっくっく。ゲラゲラゲラ！　こりゃすげぇや！　あんた、本当に強ぇんだな！　こりゃ、天使族じゃなくても排除しようとするさね。まあ、俺にとっちゃあ最高だがな。魔を冠する武器に恥じない働きができそうだぜぃ」

そんな、ティルの声。讃える声が一つきり、そして私以外に聞こえないものとは……まあ、上出来かしらね。

「う……」

足を一歩踏み出す。そればかりが視界に映っていて、いつの間にか私はまた俯いていることに気付いた。何よ、怖がらないなんて強がってみせても……。結局私は……。

「うおおおお！　すげえや！」

「万歳、エリーナ様！　あんな魔法に身のこなし、確かにあなたは魔王様の娘さんだ！」

「気持ちは分かるがテメエら、宴は後だ。あの厄介な連中をエリーナ様が片付けてくれたんだ。ガキ共の助けに向かうぞ！」

……。え？

空気が破裂したような歓声に、私は思わず足を止めた。だって、ティル一本持っただけの私の魔力にさえ、魔族は怯えきっていたはずじゃない。強すぎることは、悪なんじゃなかったの？

「顔を上げなよ、相棒。スノウ嬢の育て方と、あんた自身が生まれ変わってから鍛えてきた、魔力の正しい使い方が報われた瞬間じゃねぇかぃ。自分の目的のためにしか理不尽な強さを発揮しないバケモノなら怖がってしかるべきだがよ……誰かのために戦う者を、誰が怖がるもんかい。今までのあんたはいる場所が高すぎたのさ。平和だ魔王だっても、大方の者にはピンと来なかったんだろうぜぃ。だが今、あんたは分かりやすく敵を倒してみせた。そいつぁよ。頼もしい仲間って思われるんじゃねぇか？」

「あ、あは……」

笑いが出た。清廉潔白を心がけて死んだ私を救ってくれた人がいた。だから、そこにしか私の価値はないと思っていた。だけど、心のどこかで、俗物とすら思っていた戦い方が……その方が民衆には受け入れられやすいなんて。そんな私を讃える人がいたなんて。幼い体になって力を失って。それでようやく同じ目線に立てたなんて。

今までの全てが、無駄じゃなかったなんて。そんなの……嬉しいに決まっている。

「……私はこれからボルケイノを討伐しに行くわ！　ついてこられる者だけついてきなさい！」

だが、今は泣く時じゃない。魔を率いると決めたのだから、それ相応の態度を示さなければ。

「元魔王軍隠密部隊のキーパが先行してボルケイノと子供達の位置をマークしております。あたしは共に行きます！」

「行くに決まってますよ、エリーナ様！　こんな勝ち戦、乗らなきゃ損ってもんです！」

「おうテメエら、エリーナ様のお体に泥の一つも跳ねさせるなよ！　雑魚くらいは俺達だけでやるぞ！」

「可愛い子は好きだ！」

「スノウさんを救ってくれた恩人だ。何より、未来の魔王の初戦に立ち会えるんだ。やってやらぁ！」

次々に上がる声。これほどの声を一身に浴びる感覚は、二度目だ。だけど……あの雨の日に投げつけられた侮蔑の声とは、まるで正反対。

そして、頭の上にぽん、ともう慣れてしまった毛玉の感触。

「レーナも、いく」

「はいはい。このフード、どうせあなた用なんでしょ？」

「おねがいしたら、作ってくれた」

視線を上げてエルサの方を見やると、口で手を押さえながら涙を流していた。ああ、私は……何て、優しい世界に生まれてきたのだろう。

行ってくるわね、と再びエルサに手を振って、ティルヴィングを掲げて大声を張り上げる。

「言ったわね？　だったら行くわよ……振り落とされないよう、しがみついておきなさい！」

私はそう言って、〈飛翔〉の魔法を周囲に振りまき、浮かせる。スノウの治療と警護のための人員を残して、キーパから情報を受け取っていると言った魔族を傍に置いて宙を蹴った。

その先にあるのはきっと、幸せへの階段の一段目だった。

◇

エリーナ達が城から出立した頃、魔族、ボルケイノは自らが生み出したマグマの海に孤立したような島で孤児院の子供達を檻に捕らえたまま立ち往生していた。

「どういうことだ、人間！」

ボルケイノは怒っていた。ねじれ上がった二本の角に、たてがみのような赤髪をした巨漢の気迫たるやなかった。だが、それに相対するのは人間の魔術師、ミザリーであった。しかし、かつては魔王に相対しても震え一つ見せなかった彼女だが、今は見る影もない。

今のミザリーは、顔は焼けただれ、服も家無き子よりひどく損傷した有様だった。

「だから言ってるでしょ！　魔力が回復しないの！　『腐海』の発動で魔力をほとんど持っていかれて……治癒魔法だってままならないのよ!?」

「貴様は帝王級魔法も使い放題ではなかったのか！　魔王軍幹部の器を持つ子供らを攫《さら》い洗脳でき

ると言ったから貴様に暴れられる場所を与えたのだぞ！」

ボルケイノとミザリーの間にはある契約があった。ボルケイノはとにかく自陣を強化するために魔王軍幹部の子という優秀な素質が欲しかった。しかし、スノウによって邪魔され続けてきた。

そこに現れたのが人間であるミザリーだった。魔族の魔力を提供する代わりにその野望を達成させてやろうと話を持ちかけてきたのだ。当然、ボルケイノは警戒したが……その魔力への妄執めいた渇望を見込んで話に乗ったのだ。

「ふん……。しょせんは人間、約束など守る気はなかったのだな。何が魔王を討伐した魔術師だ……。肝心な時に魔力切れを起こすなど、役立たずもいいところではないか！」

ボルケイノは苛立ち混じりに子供達が入った檻を蹴りつける。その衝撃に毒素を吸ったままの子供達は泣き叫ぶ。その声がまたボルケイノの神経を逆なでした。

「貴様らは上位魔族の器であろうが！　人間の魔法ごときでいちいち喚《わめ》くな！　貴様らは我が新生魔王軍の礎《いしずえ》となるのだ！」

ボルケイノが目指すのは、結局魔族の頂点だった。かつては最強たる魔王に敗れたが、彼がいなくなった今こそが魔大陸に覇を唱えるには最適の時期だったのだ。だというのに、残った魔族といえば取るに足らない雑魚か自身の勢力を既に確固たるものにしている者ばかり。

ならば、新たな戦力を育てるしかない。おあつらえ向きにスノウが優秀な子供達を囲っているのだから、そこを狙うのはボルケイノにとって当然のことだった。

「おい、洗脳はできずとも浄化魔法は使えるんだろうな」

「あ、当たり前じゃない。じゃなきゃ、いつまでも子供達は苦しんだままよ」

「そうか。では、それを渡せ」

戦争において、毒を使うならば交渉のために解毒剤を用意するのは当たり前。そうでなければ戦果などなくなってしまうのだから。

しかし、ミザリーは浄化魔法を込めた玉を胸に抱え込んで後ずさった。

「嫌よ！　だって、これは邪神様からいただいた大事な……」

「神を騙《かた》るあやつは、結局この場面になっても出てこないではないか。どうせ今の貴様の魔力では発動もできまい。洗脳できないのならば、腕尽くで従わせるまでだ」

それは、言外にミザリーはもう必要ないと言っているようなもの。それを察したミザリーは当然抵抗しようとする。

「あのガキんちょの魔族よ……あいつが何かしたんだわ！　そうよ、きっと勇者から何かを渡されていたのよ。じゃなきゃ私の防御結界を全て無視するような、あんな魔法を使えるわけがないもの！　あいつの魔力さえ吸えれば……まだ目はあるわ！」

「……そんな子供一人に負けたのか。期待外れもここまでくると清々《すがすが》しいな。やはり、貴様など生かしておく価値もないわ」

ボルケイノは右腕を業火に変えると、ミザリーの喉輪を絞め付けながら焼き焦がしていく。

「や、やめ……」

「邪神とやらにでも祈ってみるがいい。貴様はそれで救われるのだろう？」

じわじわとミザリーの首が炭となって落ちていき、それでも彼女は死ねなかった。自身に張り巡らした防御魔法の数々がそれを許しはしなかったのだ。

「だ、れ、がぁ……」

「我が魔力となって朽ちていくがいい。愚かな弱者よ」

ボルケイノがトドメを刺そうとしたその瞬間だった。疾風のように飛び込んできた黒い影が二人の間を駆け抜けていった。すると、ドサリとミザリーの体が崩れ落ちるように沈んだ。

「ごきげんよう……別に、助ける義理もないんだけどね。解毒剤を必要としてるのはこっちも同じなのよ」

その声の主は、まだ幼い少女だった。そして、ボルケイノは確かにミザリーを掴んでいたはずの右腕を見て……否、肘から先が切り落とされた腕を見て、声を上げる。

「ば、馬鹿な……我が腕が！」

「脆いわね。そんな体で魔王になろうだなんて、お笑いぐさだわ」

業火に燃えていたはずのボルケイノの右腕をさらなる灼熱で溶かしたのは、局部と足を隠すのみの傷一つない鎧を着込んだ、漆黒のマントをなびかせて立つ小さな少女だった。大きな魔力を秘めた黒い角に透き通るような銀髪。褐色の肌に金色の目を輝かせてその場の誰より堂々とした風で。

「き、さまは……魔王の娘！」

「今はもう、その呼び方は違うわね。私こそが、新生魔王よ」

その名は、エリーナ・ヴィレッジ。だが、ボルケイノの知る魔王の娘とは別物だった。戦うことなどできない、戦嫌いの最弱の魔族のはずだった。だが、今彼の前に立つ彼女はどうだ。

何百年と生きてきたボルケイノでさえ感じたことのないほどの魔力の圧をして、巨大な槍を構えて不敵に笑う様は誰よりも強者だった。

「わ、我が軍の配下はどうした！　魔物も含めればまだ千はいたはずだぞ！」

「ああ……あなたも、随分人望がなかったみたいね。みんな私を見て逃げ出すか仲間に倒されていったわよ」

「なっ……」

ボルケイノはその笑みに戦慄《せんりつ》する。彼とて伊達に長く生きてきているわけではない。魔族においては上位に位置する存在だ。しかし……目の前にいる幼女が言っていることが真実であると、肌で直感していた。

「後はあなた達だけよ。よくも……よくも……よくもスノウ姉さんをあんな目に遭わせたわね。よくも、何の罪もない子供達をそこまで苦しめられたわね。もう十分勝手をやったでしょう？　だったら……何の悔いもないわよね？」

瞬間、ボルケイノはただの幼女であるはずのエリーナから、死神の気配を感じた。それほどの鬼気をして、彼女は槍を構えて凄まじい速度で駆ける。足場など煮えたぎるマグマと浮島のようなものしかないにもかかわらず。

「ぐっ……小娘如きがぁ！　＜炎帝《えんてい》の咆哮＞！」

それは、ボルケイノの全魔力を瞬間的に消費する大技。天から炎熱を降り注がせ、大地を火の海

そのものに変えるのである。ボルケイノがたった一人相手にそこまでの術を使ったのは、それだけの殺気を感じたからであった。

「……はっ」

そして。エリーナは嗤《わら》う。金色の瞳を見開き頬が裂けるほど深く。その様を見たボルケイノは彼女の正気を疑った。その一瞬だった。ボルケイノの視界からエリーナの姿が消える。

次にボルケイノが見た光景は、輝くほどの熱が降り注ごうとしている天だった。数秒遅れて、自分が倒れたことを理解する。魔核を破壊された。ただそれだけは本能が察していた。しかし……どれほどの速度なら自身がこんな様になるのか、分からなかった。

「勝負は、ビビった方の負けよ。きっとそうして、魔王にも敗れたのね。あなたは」

少女の姿をした悪魔がそうあざける。ボルケイノはこれ以上ないほどの屈辱と憤怒を覚え、身を起こそうとして……それすらままならぬ体になっていることに気が付いた。そうだ、完全に魔力を失うその一瞬を突かれた。その上で、魔族の体に瀕死の傷をつけるなど……一体どれだけの技術だ、と。

「貴様らも……死ぬ、ぞ……！」

「そうかしら……〈魔炎〉」

エリーナが唱えたのは、魔族の使う初級魔法。それを天に向けて放っただけで……ボルケイノの最高位の炎魔法に、穴を開けてみせた。当然、エリーナや付近にいた子供達の周囲にだけ振りかからないように。

「ば、かな……」

「魔力を失った身で……底なしの火の海で、いつまで溶けずにいられるかしらね？」

そして、世界は停滞から解き放たれるように獄炎《ごくえん》の海が落ちてくる。為す術もなくボルケイノはそれに呑み込まれた。魔道皮膜を張ることすらままならぬ身では……どうなるか分からない魔族などいない。

「今まで散々人を燃やし焦がしてきたんでしょう。いい顛末《てんまつ》なんじゃない？　それじゃあ……地獄で会いましょう」

ボルケイノが最期に見た光景は、既に自分に興味を失ったようなエリーナの後ろ姿だった。ついにボルケイノを支えていた地面も崩れ、マグマの中にその身は落ちていった。

◇

さあ、ここからだ。

スノウを脅かしていたボルケイノは討伐した。たとえ傷が癒えたとて、這い上がれないだけの強固な地魔法をかけておく。永遠にマグマの中でもがき苦しむか、その前に果てるか……そこに、もう興味はなかった。

「……ひっ」

私が一歩踏み出すだけで、ミザリーはひどく掠《かす》れた声で悲鳴を上げる。そして、焼けた喉に引っかかったのか大きく咳き込んで身を伏せる。

「解毒剤を出しなさい。子供達を利用しようとしたなら、それくらい持ってるでしょう」

「げほっ……ごほ……ご、れはぁ……」

「二度は言わないわよ」

ミザリーの首筋のすぐ傍に魔槍を突き立てる。僅かにでも動かせば焦げ付いた首を切り落とせる位置だ。そのはずみに火傷の傷を刺激してしまったのか、ミザリーは叫び声を上げて、またそこから生まれたのだろう痛みにもがき苦しむ。

「いいザマね。あなたが発動させた呪いで苦しませたスノウ姉さんやそこの子供達も、そんな風に痛んで苦しんだのよ……あんたと違って、何も悪いことなんてしてないのに！」

抑えていた感情が腹の底からせり上がってくる。どす黒く染まった城でただ一人、負けたと泣いたスノウの顔が脳裏をかすめる。

「ま、まりょく、を……」

ミザリーはどうにか、といった体で私の足にすがりつく。もはや、私の話など半分も聞こえていないのだろう。火傷だらけになった全身を癒そうと治癒魔法を発動させては微かな魔力を破裂させて、みるみるうちにミザリーの存在感というものが薄れていく。

「そう、魔力が欲しいの……。あげるわ？　その代わり、解毒剤を渡しなさい」

「あ、ア……邪神、様……？」

意識ももうろうとした様子で、ミザリーはそう呟く。そういえば……結局、邪神というのは何だったのだろうか。

「あなたが、言う通り……新たな、敵が……真なる魔王を、殺しに……」

言葉の端々をくみ取るなら……やはり私を殺しに差し向けられたといったところだろうか。その邪神本人が出てこないのか出てこられないのかは分からないが、おそらくは……。

「哀れね。あんた達は試金石……。私の戦力を測るための捨て駒だった、ってところかしら。ねえ……どこで聞いてるか分からない、邪神様？」

「ジャレン様……。これを、お渡しした暁には……まりょく、を。もっと……もっと……」

魔力、魔力、魔力。私を誰と間違えているのか、解毒剤が入っているらしい大きな玉を渡した後はその話ばかりだった。

試しにその玉の中にある魔法陣を探って……確かにスノウから出てきた毒を浄化するものだと確認すると、すぐさま檻に囲われた子供達に振りかけて、檻を破壊した。一応大事には扱われていたらしい子供達は、痛みから解放されて安心したのか、すぐにそれぞれが寝息を立て始める。

「ま、りょくを……」

「……ええ。いいわよ。たっぷりと流し込んであげるわ……並みの人間程度に堕ちたあなたでは、とても耐えきれない量の魔族の魔力を、ね。本物の魔法ってものを、最期に教えてあげる」

右腕に純粋な魔力の塊を纏わせて、振りかぶる。魔力回路も焼き切れ、器となるべき体はボロボロ。さらに才能を剥ぎ取ったことにより許容魔力も少なくなったミザリーでは、触れるだけで廃人となるはずだ。

これでいい。だって、こいつだって私を殺したんだから。あんな非道な術を使う魔術師なんだから。ここで殺しておかないと、次に何をするか……。

「……」

僅かに体の動きを止めた瞬間だった。突然、目の前に誰かが現れた。そいつは私の唇にちょんと柔らかいものをくっつけ……大きく膨らんでいく。

「え？」

別の魔力反応なんてこの場にはなかった。もうそんな見落としをするはずがない。だったら……。

「えへ。久しぶり。勇者様……違うか。そうそう、エリーナ」

「あんたは……」

そこには、毎日鏡で見る私の顔があった。肌は透き通るほど白く、髪は煌《きら》めく金色で大きな角の代わりに動物の耳が生えていたが……顔の造りなどはほとんど一緒だった。

「レーナ？」

「あったりー。どう、驚いた？」

「何であんた……人の形に……？」

驚きのあまり、私の体は硬直したまま。すると、これまで口を閉ざしていたティルが言う。

「何でぃ、気付いてなかったのか？　あんたの『譲渡』だったか？　あれはたとえ人が相手だろうと使えるもんなんだろう。だったら、元々の体の持ち主のレーナ嬢にパスが通ってないわけがねぇだろう。魔獣が人型を取るには十分な魔力量が行き渡っていたはずだぜぃ。後は……あんたが魔王の娘、かつてのレーナ嬢の体に魂が引っ張られて口調やらが変わったみてぇに、魔獣に人格が宿れば、そりゃ人型になるだろうよぉ」

「……いや、言いなさいよ。あんたもレーナも」

確かに魔獣には知能がある。その程度に千差万別あれど、十分な魔力と知識があれば人化すること自体は可能だ。

「だって、やっとあんな可愛い姿になれたんだから、そうそう戻るわけないじゃん。フードの中も楽ちんだったし、みんな可愛がってくれるんだから」

……噂に聞けば、レーナは引きこもり姫と呼ばれていたそうだが、その片鱗《へんりん》を今見た気がした。

「……話は後よ。今はその魔術師をどうにかしないと……」

「して、どうなるの？」

レーナが私の言葉を遮るように言う。その声音まで私と同じようで、惹きつけられるものがあった。

「もう魔力も失った……何もできなくなった半分死んでるみたいな人間に、これ以上鞭を打って、何がどうなるの？」

「……そう簡単に割り切れるわけがないじゃない！」

私はレーナの顔を至近距離で睨み付けて叫んだ。叫ばずにはいられなかった。レーナの言った全ては、心のどこかで分かっていることだったのだから。

「私の全てを壊した女なのよ！　策を巡らし、私を陥れて……栄誉も、命も、享受できたはずの平和も！　何もかもを！　この女が！」

理屈では分かっていた。おそらくはずっと前にミザリーは壊れてしまっていた。私が簡単に尋常ではない魔力を与えてしまったばかりに。ならば、彼女もまた被害者だ。だけど……それ故の悪行が全て許されるわけがない。

レーナは私のかんしゃくを、ニコニコとした顔で受け入れる。そこがまた腹立たしかった。

「あんたに、私の何が！　何……が」

「いいんだよ。この場にエリーナの話を聞いてるのは、レーナだけなんだから」

……そうだった。形は違えど……私もまた、レーナの体を奪って生きている。そのおかげで多くの幸せに出会えた。レーナは、自分の魂がかき消されることさえ恐れず……私の報われなかった魂を拾い上げてくれたのだった。

「言いたいことは、全部言って、いいんだよ。今のエリーナには、どんな憎悪でもぶつけるだけの権利があるとレーナも思うしね。レーナはそれを邪魔しないよ」

「だったら、何でこのタイミングで……出てきたのよ」

「だって、このまま魔術師さんを殺しちゃったら、エリーナはきっと後悔するもの。そんな『八つ当たり』をしてたら、ね……。せっかくレーナがあげた第二の生を無駄にされちゃたまらないからね」

そうだろうな、とは思う。復讐においては大義など周囲を納得させるだけの理由に過ぎない。大事なのはそれを成して本人がスッキリするかどうか。それだけのこと。善悪ではないのだ。ならば……。

「この体で一緒に暮らしてるニャウちゃんもね。勇者様だったエリーナに助けられたんだって。やっぱりすごいよね。エリーナは。まるでみんなを幸せにするために生きてきたみたい。だったら、もう十分エリーナは善行を積んだと思うよ。後は、好き勝手に生きればいいと思う。それだけ伝えたくて……出てきちゃった」

レーナはそれだけ言うと、すっと体を横にずらして死に体のミザリーへの道を空けた。

「……今の私は、もう勇者じゃないわ。そんなものとは、決別した」

「うん。そうだね。魔王として生きていくことを決めたんだよね。それがエリーナの思う幸せへの道なら、私も否定しないよ」

「私はもう……私を慕ってくれる人だけを救えればいい。それで、一緒に生きていけたら……それだけで幸せなんだって、分かったわ」

恨みの解消とは、復讐のみで果たされるものではなかった。心を癒すことが目的ならば……取るべき手段は、沢山あったのだ。私はただ、ひたすらに視野が狭くて何も見えていなかっただけで。ならば、広くなった世界を与えてくれた彼女に。

「……身体をくれて、ありがとう。レーナ。ずっと傍にいてくれて、ありがとう……。私を見付けてくれて、ありがとう……。あなたのおかげで、私も幸せを知ることができた。明るい世界を知ることができた。ありがとう……」

「うん。どういたしまして。レーナもね、エリーナを見ていられて、一緒の空間にいるだけで、幸せだよ。だから、人を幸せにすることが得意なエリーナがどんなことするのか……ちゃんと、見てるね」

視界が歪む。このままでは出した魔力に収まりがつかない。だから、私は今度こそと右腕に纏わせた魔力を……レーナにもらった、ひどく器用な魔力をミザリーに叩きつけた。

すると、そこには転移陣が現れ、ミザリーは人間大陸のどこかへと転送されていった。空間転移魔法を使うには、転移させるものの数倍の魔力を消費するため、私自身には使えないものだったが……思わぬ所で使うことになった。

「……人間の誰かに見付けてもらえれば、治療も受けられるでしょう。その後のことは、知ったことじゃないわ。戦う術を失ったあの子が、また魔大陸に来られるわけもないしね。私もあの子に悪いことをしたかもしれないけれど……その全ての責任まで取る気はないわ。殺されたことでトントンでしょう」

「そっか。じゃあ、もう解決だね？」

「……まだよ」

私の答えに、レーナはぱちくりと瞬きする。私も何度かこんな間抜けな顔をしていたのかと思うと、笑いが出た。

「子供達の処置もしなきゃだし、スノウ姉さんの建てた城はあのザマだし、後処理は盛り沢山よ。それに……私の中の憎しみは、まだ消えてないんだから。エルサやスノウ姉さんに癒してもらわないと採算が取れないじゃない。あんたもよ、レーナ」

言葉の尻に向かうにつれて、私は顔が徐々に紅潮していくのを感じた。

「これから始めるわよ。平和を目指す魔王の物語を、一番近くで見てなさい。それが、あんたの望みなんでしょう？」

「ふふっ。エリーナだってもうそのつもりな癖に。ありがと、復讐よりレーナ達との生活を選んでくれて」

ニャウの体の頃の癖が残っているのか、レーナはすりすりと私に体をこすりつけながら言う。それも何だか気恥ずかしくて、うるさいうるさいと言いながら押しのけた。

すると、遠くから大勢の足音が聞こえてきた。

「あ、魔物達と戦ってたみんなが来たみたいだよ」

「ちょうどいいわ。子供達のことはあいつらに任せましょう。敵将を単独で討ち取ったんだから、そのくらいの仕事はしてもらわないとね」

「またエリーナはそんな言い方するぅ。みんな、エリーナの戦果のために道を空けてくれたんじゃん」

「魔王たるもの、先陣を切るのは当たり前でしょ。あいつらがついてこられなかっただけよ」

そこで、ふと思ったことがあった。敵を倒して……誰かに迎えられるなんて、いつぶりのことだろうか、と。

「エリーナ様、お怪我はありませんか!?」

「ボルケイノの奴の魔力反応が消えたら、連中尻尾巻いて逃げていきやしたよ！　エリーナ様が倒されたんですね？」

「流石だ、一生あんたについていきますぜ！」

私の周囲までやってきた魔族達はそんなことを口々に。それを受ける私を見て、いつの間にかニャウの姿に戻っていたレーナがくすくすと笑う。

「……喜ぶのはまだ早いわよ。あんた達。毒素は取り除いたけれど、子供達の体力が保ってるか心配だわ。さっさと運びなさい。魔王城で受け入れるわ」

「はい！」

「……それから、私についてくる気なら、もう二度と遅れないことね。それができないなら、私の部下には必要ないわ」

私はそう言って、レーナをフードの中に回収してその場を飛び立つ。衰弱した子供達を飛ばすわけにもいかない。ボルケイノの暴れた後の足場の悪さを直さなきゃいけないし……。

「全く、面倒なことだわ。他人のことを考えるのって」

「でも。エリーナ。笑ってる」

「うっさいわよ！」

エピローグ　～新生魔王軍結成～

対ボルケイノ戦から、数週間が経った。その間のことを振り返ろうと思う。

まず、魔王城は例の装置で部分的に復活した。まだ、小さな要塞程度の大きさだが、スノウ勢力や子供達を抱えるには十分な大きさだったのだ。それ以上大きくしても手間がかかるだけなので、いきなり大宮殿を復活させたりはしなかった。

そしてその主たる私は……やはり自分で造った家に愛着を持ってしまい、そこに住んでいた。邪神なるものからの追撃も見られず、しばし空白の期間が続いた。

そして、とある朝。

「エリーナ様。動かないでください。御髪《おぐし》が……」

「だったらこのド変態女をどうにかなさいな！」

私はエルサに髪を整えてもらっていたのだけど、その間ずっと体のあちこちをもみ続けるスノウと格闘していた。

「ん。ワタシのことは気にしないで。主様を化粧するのも奴隷として当然のこと」

「化粧なんかのために全身を舐め回す必要はないでしょ！」

「ワタシの唾液、自慢じゃないけど。美容効果が」

「ある、わけ、ない！　たとえあってもいらないわ！」

スノウは一緒に暮らすにつれて、密着度が高まっていった。毒素を吸いすぎた影響かと心配になり、こっそりエルサにそれについて訊くと、「あれがあの女の正体なんです。だから危険だと言ったでしょう！」と逆に怒られてしまった。

「そもそも。ワタシの唇の純潔を奪い。下僕にしたのは。エリーナ様」

「うぐっ……」

「これから、アナタはワタシのもの。そう言った」

「よくあの状況でそんなこと覚えてたわね……」

スノウ姉さんには、確かに一方的な奴隷の契約を結んでしまった。だが、この女はそこにつけ込んで私の私室にまで潜り込んでこようとするのだから、何の心配をしていたのかと思ったものだ。

「ん……。そういえば。子供達が完全に快復した。もう、元気」

「……そう。良かったわ。後遺症も残ってないのね？」

「ん。全てはエリーナ様のおかげ。繰り返しお礼申し上げる。孤児院を卒業していった子達も……新生魔王軍の先駆けになるって。張りきってる」

そして、第二の変化。ついに私に部下ができたのだった。話に聞けば、孤児院を出ていった魔族は孤児院経営のために必要な物資なんかをかき集めるために魔大陸各地に広がっていたそうだ。だが、絶対の守護者だったスノウが倒れるという一大事が起こってしまい、今度は自分達が守る番だと城での活動をすることになったようだ。

邪神という新たな敵が次に何をしてくるか分からない今、手駒が欲しかった私と故郷を失った彼らとの利害関係は一致していたのだ。

そして、最後の懸念点だが……私が勝手にスノウを奴隷にしたことはハッキリと伝えた。すると、

「エリーナ様が相手なら喜んでるんじゃないすか？」と、首をかしげられた。流石に何年も一緒にいた子供達だ。スノウ姉さんの趣味嗜好くらい知っていたらしい。殺されるかもしれないなんて、ただの杞憂だったのだ。

「スノウ様。いよいよ邪魔です。お化粧も全然進んでないじゃないですか」

「ダメ。こっちはワタシの担当」

「それがままになってないから言ってるんです！　今日はエリーナ様の晴れ舞台なんですよ⁉」

そう、私がいつもより手間暇かけて飾られているのにも訳がある。これから魔族の集団を軍として機能させるなら、そのための儀式が必要だと言われたのだ。

だけど、その構成員のほとんどは……私が親を殺した子供達だ。複雑な思いに駆られ、顔を俯けると、そこにはレーナの姿。いつの間に膝の上に。

「えりーな。ぶさいく」

「はあっ⁉」

急な罵倒に、つい大きな声が出てしまった。以前は自分の顔になど欠片も興味はなかったが……そうハッキリ言われると腹立たしい。

すると、エルサが後方から私のこめかみのあたりをぐりぐりとするのが鏡越しに見えた。

「レーナちゃんの言う通りですよ。せっかくの可愛いお顔が台無しです。笑ってください」

「ん。子供には。笑顔が似合う」

　スノウにまで続けて言われて、私も意識してにっこりと笑ってみる。ああ、いつの間にかこんな表情もできるようになったんだなあ、と思いつつ。

　確かに、笑ってみれば意識は変わる。私以外の誰も、軍の部下となる子供達の仇が私であることを責めはしまい。そして、私も今回の一件で転生前の自分とは決別したのだ。ならば後は、何を成すかで示すだけ。

「よし。……行ってくるわ」

「はい。いってらっしゃいませ。エリーナ様」

　いってきます、いってらっしゃい、ただいま、おかえり……そんな当たり前の挨拶が、今や簡単にできるようになった。それだけで私の心に大きな勇気をくれる。

◇

　魔王城の要塞の一つに、およそ五百ほどの魔族が集っていた。その多くはスノウの孤児院出身の魔族だったが、中にはキーパのような以前の魔王軍の生き残りも含まれている。

　私はその中でも一際高い場所に立ち、その全てを見下ろしていた。私の視界に入る全て。今はまだ少ないかもしれないが、これから私が守っていく全てだ。

「諸君！　あなた達はかつて、人と魔の戦争に参加せず、平和を求めた誇り高き魔族だと見受ける。

身近にいる大事な人を守るためにだけ戦ってきた、尊敬に値する存在だ！」

魔力を通した私の声はよく通る。そうは言ってもたかが子供の声に、よくもまあこれだけ聞き入ってくれるものだと感心した。

「これからも、それを続けるだけでいい。目に見える範囲を守るために戦えば良い。さすれば、平穏なる暮らしをこの私が約束しよう！　これより結成される我が軍が目指すは征服でも復讐でもない。我々自身の平和を守るための組織である！」

その場にいる一人一人の目を見ながら、間違ったことを言っていないか、内心ドギマギしながら続ける。ずっと孤独でいた。だけど、人に囲まれるのはそれはそれで苦労もあるものらしい。

「だが、今！　先刻のボルケイノ戦でバックに控えていたのは邪神なる悪の存在だった。私達の平穏を脅かそうとする者が現れたのだ！　私はそれに対して全身全霊を以てして戦うと決めた。全ては、私が大事に思う者達の平和のためにだ！」

存在すら明らかにはなっていない。だけど、確かに敵はいる。ならば、さも出会ってきたかのように告げてしまうのが一番だと判断した。それを聞いた者達は、狙い通り各自険しい顔をして言葉を待っていた。

「そんな私を、助けて欲しい。さすれば私も諸君らを助けよう。そう、新生魔王軍が掲げるのは、助け合いの精神だ！　豊かな心を持った……スノウ姉さんから託された諸君らには、簡単なことだ。その範囲が、少し広がっただけ。魔大陸全域に、ね」

復讐はやめた。最強であることを怖がらなくなった。ならば、私に何が残るのか。それはやはり、結局は……平和を求める心であり、この場に集まったそれぞれは志を同じくしてくれると信じていた。そう、今度こそは。

「諸君らの手の届かぬ距離にいる敵は私が倒そう。最強たる私がいつでもあなた達の傍にいる。それを忘れないでいてもらいたい。人類に復讐などしない。魔族間で勢力をひたすらに伸ばすための戦いもしない。だが、敵はいる。そして、決して倒せない相手ではない。ならば戦おうではないか。剣を取った者には、私が報酬を与える。それは、自分だけでは敵わぬ者への勝利！　それぞれの夢を叶える権利！　大事な者が平穏を手に入れる自由！　私が、それを保証してみせる。そのために、今また魔族の結束が必要とされている。もし、それを欲するなら、私と共にこの場に残れ。意思が違う者も私は否定しない」

だが、立ち去る者は誰一人としていない。そのことに、少しだけ安心した。長ったるい話は私も嫌いだ。そろそろ締めるとしよう。

「たとえこの組織が億千万に広がろうとも、私がその全てを守ってみせる！　その代わり、諸君らにも協力してもらいたい。ここに立ち上がるのはそう、永劫の平穏を目指す、新生魔王軍だ――！共にその道を歩く者は、声を上げろ！」

数瞬の沈黙。私の声の余韻。それが天に吸い込まれ……。

――うおおおお！！！

一同の、大きな叫びが生まれた。その圧は、私の体を震わせるほどに。伝わった。暴力を本能とする魔族に、理性が伝わったのだ。

「……魔王が、平和を口にするかぃ。大言壮語《たいげんそうご》もいいところだぜ。これからあんた、大変だぜぃ？」

「ティル。あんたを酷使するからね。そのための武器でしょう？」

「ああ、あれだけの数をまとめて見せたんだ。相棒たる俺がついていかないわけにゃぁいかねぇわな」

この全てが私の力だなんて、とても思えない。スノウの育成があり、ここまで道を踏み外そうとした私を支えてくれたレーナやエルサがあってこそのものだ。……癪《しゃく》だけど、ティルもまたその一人。

私は恵まれた。人に恵まれた。環境に恵まれた。これからだ。私の本当の戦いは……。問題は山積みで、不安は多いけど、どこにたどり着けるかなんて分かりはしないけど。それでも私は思うのだ。

仲間がいるだけで、心は豊かになれる。その他の一切がどうでも良くなるほどに。そして、そんな私が……幸せになれないわけがない。心の底から、そう思えた。

「……これから部隊の任命式とか、色々あるんだけどね……」

魔族の奏でる雄叫びは止《とど》まる所を知らず。私は苦笑しながら頬をかいた。まあ、ゆっくりでいい。

それが私の決めた、第二の人生なのだから。

番外編　レーナとお菓子をめぐる冒険

　ぽり、ぽり、ぽり……。書類をめくる音の合間に絶えることなくそんな音が響く。執務室代わりとなっている私お手製の一軒家には、今はレーナしかいない。

　しかし、机の上には粗い材質の紙で作られた書類が山積みとなっており、その片手間にお菓子をつまんでいたのだった。

「戦場の土壌の工事依頼。スノウ姉さんの城の取り壊しと再建の見積もり。各勢力から来る庇護下に入りたいって依頼から、逆に挑戦状みたいなものまで……。魔王ってこんな仕事もしてたのね……」

　魔大陸は広い。それでいてちょっと遠征するだけでも危険でいっぱいだ。そこで、日常においてよく使われる外交の手段はほとんどは書面によるものとなっているらしい。しかも、それを運ぶのは虫、である。

　大人しい性格に強固な外殻を持つことに目を付けられた、各勢力の間を飛び回ることを使命としている文通虫という魔獣をしつけて使うらしい。

「エリーナは紋章判を押すだけじゃん？」

　私の書類仕事を見守っているだけのレーナが――人目がないために人型である――お菓子を口の中に放り込んで舐めまわしながら言う。ほんわかと幸せそうな笑みを浮かべるのが何とも今は憎たらしい。

「これでもちゃんと内容も読んでるわよ。ほとんどさっぱりだけど……。どの勢力に何て返事すればいいかなんて、エルサかスノウ姉さんがいないと分からないのよ」

だが、生憎スノウは珍しく用事があるとかで私お手製の家を空けていた。エルサも今日は砦の清掃に向かっている。しかし、その間も新生魔王軍の噂は徐々に広がっていっているようで、返信しなければならない書類は溜まっていくばかりなのだ。

「……ねえ、気になったんだけど」

私は頭に押し当てていた手を顎に移動させて、ぼんやりとレーナを見やる。見れば見るほど自分の姿と瓜二つだ。肌の色だとかの違いこそあれど、ここまで精巧に顔の造りが同じだと妙な気分である。オリジナルはあくまで向こうであることは置いておいて……。

「レーナ。あんたも紋章判くらい押せないの？　身体の造りは同じものなんでしょ？」

「だめだめ。あくまで紋章判は魔力の持ち主を示すためのものだもん。レーナの中の魔力はもう勇者様のとニャウちゃんのとレーナ自身のものが混じっちゃってるから別物だよ」

魔族とは魔力信者であるということくらいは知っていたが……多少なりとも魔力を消費する魔力判が至極重視されているのには驚いた。人間は書類においてはほとんどサインなどの筆跡で片付けてしまうのに……。何でも、魔族の中では魔力判に込められた魔力がいかに綺麗か、強大かで力関係を示すらしい。

力の示威行為が大好きな魔族らしいといえばらしいが……。

と、そこで左手を菓子の皿に置いて、そこが空になっていることに気付いた。

「……レーナ。全部食べたわね？」

「ち、違うよ。レーナだけじゃないもん。エリーナだってずっと食べてたじゃん！」

「私は頭使ってんだから糖分が欲しくなるのよ！　あんたはぼーっとしてるだけなんだから遠慮しなさいよ！」

わーわー、ぎゃーぎゃー。しばし二人で怒鳴り合っていると、ドアの開く音が聞こえた。それを聞くや否や、レーナはすぐにニャウの姿に戻る。やはりレーナは、私以外に人型の姿を見せる気はないようだ。

「ふふ。エリーナ様、またレーナちゃんとおしゃべりしてたんですか？　仲良しさんですね。そんな姿を見ていると、エリーナ様も年相応に見えますね」

そう言いながら部屋に入ってきたのはエルサだった。一応の防犯魔法陣は張っているのだが、エルサに関してはそれが働かないらしい。天使族の魔力には反応しないとかそういうことだろうか。

「あら。もうお菓子を食べ終えちゃったんですか？　エリーナ様、最近食べすぎじゃありませんか？」

「いや、違うのよ。これは……」

レーナと喋ってて、とは言えずに語尾が弱くなる。レーナが実は流暢《りゅうちょう》に喋ることができてあまつさえ人型になって菓子をむさぼっているとは流石に口止めされている手前、話せなかった。

「甘い物が美味しいのは分かりますけど、エリーナ様のお体に肉がつくなんて考えられませんよ。ほどほどになさってください」

食器を片付けてくれているエルサの言葉にほんの少しの棘を感じて、そのまま口に出してしまった。

「いや、私は過剰に食べた分は魔力に自動変換されるからその心配はないけれど……」

勇者時代の旅では、いつでも十分な食事ができるとは限らなかった。それでいて街に凱旋すればこれでもかというご馳走を振る舞われるので、戦うのに最適な体型を維持するために必然的に身につけた術式であった。

「……な、何ですか？　その悪魔みたいな術は……」

エルサの頬がピクリと引きつる。いつものたおやかな笑みもどこか鳴りを潜めてしまった。もしかして、体重については禁句だっただろうか、と思ったが時既に遅し。慌ててフォローを入れる。

「で、でも魔族だって基本的に体型変わらないじゃない。理想的な身体になった時点で外見的な成長は止められるんでしょ？」

「ええ、そうですね。普通の魔族ならそうなんですけどねっ。私は残念ながら少々事情が違いますので！」

ああ、そうか、エルサってあくまで魔族に扮しているだけの天使族だったな、と改めて思い出した。身体の構造は魔族と一緒といっても、力は大天使からの許可がないと使えないとか言ってたし……。

「あ、なるほど。天使族って肉体を持つことが珍しいからそのへんの術式にはからっきしなのね。そういえばスノウ姉さんとはスタイルの差が……」

そこまで言いかけて、エルサは私の口を塞ぐ。野に咲く花を思わせる香りが鼻腔をくすぐり、私もモガモガと。

「エリーナ様？　人は平等ではないのです。そもそもあの魔女は魔族としても異常なスタイルなのです。あれだけの脂肪があってどうして偏《かたよ》らないのか……。いえ、決して羨むわけではありませんが！　まだ多くと接していらっしゃらないエリーナ様には分からないかもしれませんが、誰もが望んだ身体を手にできるわけではないのです。お分かりですね？」

「もが……もしかして、エルサ。あなた太っ……」

「いいえ、決してそんなことはあり得ません」

食い気味に答えられる。そして、エルサにも譲れない何かがあるようで言葉は続く。私にそれを止めさせる隙もないほどに。

「ですが。決めました。しばしの間お菓子は禁止です。エリーナ様も同じ味ばかりですと飽きてしまわれるでしょう。持たざる者の気持ちに触れることも人の上に立つ者として必要な経験でしょう。ええ、そうに違いありません」

「え、えるさ。デブったからって、おうぼー」

「デっ……。そうですか。あなたもですよ。レーナちゃん。あなたもエリーナ様ほど便利な術には長けていないでしょう。ぽっちゃりなニャウなんて誰も構ってくれなくなりますよ！」

そんなことはないと思うけど……。しかし、今のエルサに否定の言葉を投げかけられるほど私の肝は太くない。

どこか肩を怒らせながら、エルサは「お菓子は孤児達に振る舞う分に回しますからね」と言い残し、部屋を去って行った。誰が何を言おうとも遂行しようという強い意志を感じた。

ぽん、と人化したレーナがどこか涙目になって机に飛びついてくる。

「ど、どうしようエリーナぁ！　エルサ、ああなったら本気でお菓子くれないんだよ！」

「あんたがデブとか言うからでしょうが。私と同じ顔でそんなみっともない顔をしないでちょうだい！　別にいいわよ。お菓子をちょっと抜かれるくらい。贅沢品じゃない、そもそも」

「エリーナは分かってない！　部屋でぐーたらしながら手を伸ばせばお菓子があって、用事があればエルサが何でもやってくれる素晴らしさを！　でも、何でか時々エルサはああやって怒って何もしてくれなくなるんだよぅ！」

レーナは至極真面目に言っているようだが……私は心の中でエルサに拍手を送った。事によっては、私は球体のような見た目の少女に生まれ変わっていたかもしれないということなのだから。

「あー、だめ。さっきまで甘いものばっかだったから……もう我慢できない！」

「早いわよ……。大体、ニャウの身体でもあんたはずっと寝るか食べるかしてるだけじゃない。エルサの言葉じゃないけど、太ったりしないの？」

「ん？　レーナはそんな複雑な術は知らないけど。太ったりしたことはないよ？」

何を言うんだろう、という目で見られた。確かに、こんな奴と日常を共にしていたら聖母たるエルサじゃなくても頭にくるかもしれないなあ、と他人事ながらに思った。

「よし、エリーナ。行くよ」

「どこに行くのよ……って引っ張らないで！　私、まだ書類が……」

「こうなったら家出だよ！　そして、私の秘密の楽園に行こう！」

そう言い切った時のレーナはひどく眩しい笑顔で、私はつい席を立ってしまった。この笑顔と共に行くなら、きっとどこでも楽しいだろうと、そう思わせる何かがあったのだった。

そして言われるがまま、私は家から連れ出されたのだった。

◇

「ここの地下にある洞窟なんだけどね。奥にぽっかり穴があって、一本だけ木が生えてるの。その木からはすごく甘い蜜が垂れてるんだ」

レーナは紅に染まった大地を廃墟が連なる方へと歩きながら、城周辺の地図に指で進路を作りながら言う。それはこれまで見たことがないほど真剣な面持ちだった。

「そこは魔王城崩落の影響は受けてないの？　地形も大きく変わったって聞いたけれど」

「それは行ってみないと分からないよ。でも、それ以上に大きな問題があってね……」

指の行き先、城から三キロほど離れた場所にあるらしい洞窟の最奥《さいおう》をとんとん、と可愛らしい指先で叩く。

「何年も前から、その蜜の虜《とりこ》になった魔物がずっと住処にしてるんだ。その洞窟から出てきたりはめったにしないから、わざわざ討伐の話が出ることもなかったけどね」

「……それなら、そのぽっかり空いた穴から入ればいいんじゃないの？　私は空も飛べるのよ？」

「あー……それがね。その穴には対生物用の罠をぎっしり敷いちゃったんだよね。お父様が、『この死体を見た者の士気が下がっては敵わん』って封印してた奴」

それを聞いて、穴に落ちた際の自分の屍を想像して背筋が凍る。

「そんな大事な資源だったの？　あの魔王がそんなことをしてまで……」

「あ、ううん。その罠を仕掛けたのはレーナだよ。だって、レーナのお気に入りの木だったから。他の人に盗られたくなかったんだもん」

あっけらかんとそう言うレーナの正気を疑った。

「なのに、あんなおっきな魔物が居座っちゃってさー。でも、あれはエルサも知らない秘密の秘密なんだよ！　だから、取り上げられる心配もないの。エリーナには特別に教えてあげるね」

そういえば、レーナはまだ歳も十を越えたほど……。まだまだ子供なのだったと思い出した。

ニャウの見た目ではそう違和感もなかったが、こうして今の自分と同じ容姿で話してみるとその幼さが浮き彫りになったように感じる。

「じゃあ、洞窟側の入り口から入って……その先の魔物は？」

「エリーナ、お願いね！」

ひどく明るい笑顔で言うレーナ。まあ、そんな予感はしてたけど……。勝てそうにないような魔力の波動も感知してないし、書類仕事で溜まったストレスの解消にはちょうどいいか、とそんな気分だった。

「ふんふん、ふーん」

レーナは何が楽しいのか鼻歌交じりに、廃墟のガラクタを蹴飛ばして遊んでいた。

「あんた、ニャウになったからか知らないけれど、散歩も好きになったみたいね」

「ん？　んー。ま、そうだね。別に散歩が好きってわけじゃないけど。寝てる方がレーナは好きだからね」

「それなら……崩壊した自分の家の残骸を見て鼻歌って、あんたも大概よ」

「違うってば！　もう、いいよ。エリーナの馬鹿」

レーナは先ほどまでの上機嫌もどこへやら。小石を蹴る仕草もどこか拗《す》ねたようになってしまった。何となく言葉選びを間違えたことだけは分かるけれど、その真意にはたどり着けずにおろおろとしてしまう。女の機嫌を損ねるのは、女の身になっても怖いものなのだ。

「わ、悪かったわよ。ほら、またフードの中に入っててていいから。道案内ならそれで十分でしょ？」

「んもー！　そうじゃないの。ほんっとにエリーナは戦い以外からっきしだね。いいって言ってるでしょ！」

それからしばらく、レーナは口を利いてくれなくなり、私はあの手この手で話を盛り上げようとしたのだが、ちっとも取り合ってはくれなかった。

「あ、あそこだよ。レーナの言ってた洞窟」

結局、レーナの機嫌は直らないままに目的地にたどり着いてしまった。そして、そこにいた魔物を見て……正しくは洞窟からあふれ出した身体の一部を見て、私は叫んだ。

「巨大な魔物って……スライムじゃない！」

◇

スライム。それは害悪級の魔物と言っても過言ではない。畑に来ては農作物を漁り、人を襲えば装備を腐食させる。旅においても生活においても迷惑極まりない魔物だ。

しかもなお性質《たち》の悪いことに、戦闘能力もある意味では高いのだ。小柄な生体は液状ならではの機敏な動きでこちらの攻撃をするりと躱すし、大きく育てば並大抵の打撃や斬撃ではダメージも与えられない。さらには、退治するためには体内のどこかにある核を潰す以外絶命させる手段がないときた。

「いやまあ……そりゃあ、魔王だって討伐は避けるでしょうけど」

「お父様に全部を言うわけにもいかなかったけど、ちょっとお願いしてみてもあっさり無視されちゃったなあ」

それでいて、一説には土壌に栄養を与えるとかいわれ、無敵の防御力の代わりなのか攻撃力がないため一般市民でも殺されまではしないということから討伐優先度は低いというのが現状である。

「でも、本体がいるのは洞窟の奥なんでしょ？　入り口にまで身体の一部が見えるなんて規格外よ」

「そんなに美味しかったのかな、あの蜜……」

レーナは唇に指を当ててそう言うが、甘い物にしか目がない魔物なんて聞いたことがない。

「とりあえず鎧とマントは着ていけないわね。せっかく作ってもらったのにスライムなんかに溶かされちゃたまらないわ」

「だいじょーぶ？　あの洞窟、そんなに深くはないけど……レーナもまさかあそこまで大きくなってるとは思わなかったから。無理しなくてもいいよ？」

「流石にスライム相手に苦戦するほどなまっちゃいないわよ。あの図体なら他の魔物も逃げ出してるだろうしね……レーナはここで」

「やだ。一緒に行く」

私の言葉を遮って、がんとした調子で言うレーナ。装備を脱ぎながら振り向くと、レーナはまた唇を尖らせて俯き加減になっていた。

「せっかくエリーナと二人きりなんだもん……」

その声は小声ではあったが、ハッキリと聞き取れた。そして、同時に思う。確かにニャウの姿ではいつも一緒だったが、人型であるレーナとゆっくり話すのはミザリーとの件の後以来だったか……。

面倒から避けるために敢えてニャウ姿でいるとはいえ、やはり元は人なのだから……歩いたり喋ったりはしたくもなるだろう。そして、本当に今更のように思う。

そういえばこの子……勇者時代から、私を応援してくれてたのよね。遠視なんて能力まで使って、それでいて魔王に私の情報を流すでもなくただ見ているだけで。それも、自分の身体を明け渡すほどに……。

「……レーナ。その……悪かったわね」

「ん？」

「私も、楽しいわ。レーナと二人でお出かけできて。感謝はしてたけど……謝ってなかったわ。色々と。だから……」

ああ、半ば一人旅が多かったせいで、こんな時にも言葉が簡単に出てきてくれはしない。そんな私を見て、レーナはいつものようにくすりと声を立てて笑った。

「いーよ。さっきの発言に関してだけは許したげる」

その言葉にホッとしてしまう反面、こんな幼い子に振り回されている自分は大丈夫なのだろうか、と心配になった。

「いーんじゃない？　それもまたエリーナなんだしさ」

「……あんたは人の心でも読めるの？」

「あはは。レーナは監視できるだけでそんなことできないよ。エリーナが分かりやすいんだよ」

分かった分かった。私の完全敗北だ。いい加減観念して白旗を揚げた。

「じゃあ、後ろからついてきなさい。ここまで育っちゃったスライムなら鈍重もいいところでしょうし、かき分けながら進むわよ」

「えっ。でも、これだけ分厚くなっちゃったなら薬か何かで弱らせないとダメなんじゃないの？」

「私を誰だと思ってるの？　再生する間もなく焼き払ってやるわよ」

「……それでこそ、レーナが愛した勇者様だよ」

レーナの頬は雪のように白く、だからこそ頬の紅潮がすぐに見て取れてしまう。しかし、その目にあった輝きが何だか眩しくて、私はごまかすように身体を洞窟の入り口へと向けた。

構えるはティルヴィング。思えば、こいつがずっと黙っていたのも、私とレーナのデートを邪魔したくなかったからかもしれない。そういう所には気が回る奴だし。

……ん？　これはデート、になるのかしら。今の私は女の子で、レーナもそうっていうか見た目すら瓜二つで……。でも、レーナは私の中身を好いてくれていて……？　私だって、自分のこと……それも、以前の自分すら含めた私のことを好きだと言ってくれる少女が可愛くないわけがない。でも、まだ出会ってそう時間も……。

「……」

「どしたの？　エリーナ」

「う、ううるさいわよ。ああいいわ。思い切りぶっ飛ばしてあげる！」

何だか考え込むほどに泥沼にハマっていきそうで、私はティルヴィングに火炎の魔力を込める。イメージは水すら焦がすような熱。それも、今のモヤモヤした気分を吹き飛ばせるような、特大の魔力！

「〈螺旋魔炎〉！」

放つのは〈魔炎〉だが、これが面白いことにただ直線状に発射するだけではいらない被害を生んでしまう。だけど、数本に分けて放出し螺旋を描くように展開すれば、ある程度のコントロールが可能になる。

結果。私の身の丈の数倍ほどの入り口からがっぽりとスライムの肉体の道ができ上がる。たとえどれだけデカかろうと、別に無限再生するわけじゃない。核へ向かうには十分すぎる穴だった。

スライムの肉体が溶けた後に残る不快な匂いが、強大な魔法を行使した今は最高の芳香剤に思える。

「ほら、閉じる前に行くわよ」

「……はー、ほんとエリーナってめちゃくちゃ。そんなのできるなら防御力も何も関係ないじゃん……」

どこか呆れたような様子のレーナだが、私としてはあんたもちゃんと鍛えればこのくらいはできたはずなのよ、と諭したい気分だった。

「核は……やっぱり最深部ね。相手がスライムなら穴から炎を注ぎ込んだ方が早かったけれど」

「何でそんなこと分かるの？」

「何でって……あんたも角持ってたんだから何となく分かるでしょ？　魔力の流れを汲み取れば大体の構造なんて分かるじゃない。魔族の身体になってから余計に敏感になって便利ね、これ」

「いやいや分かんないって！　私もその角を持っててお父様の配下の魔族も沢山知ってるけど、そんなのバレちゃったら弱点丸見えじゃん！」

そんなこと言われても……。これぱっかりは経験がモノを言う。私がかつて邪龍を倒した時のような奇跡的な一撃は希でも、数をこなせば多少の隙というものは見えるようになってくる。

この感覚も別にズルをして手にしたわけじゃないし、許して欲しい。

「やっぱエリーナは頼りになるなあ」

「こんなもん、誰にだってできることよ。数千と戦いをこなしていれば、ね」

「だったら、やっぱりエリーナの努力だよ。すごいなあ、やっぱり。すごいすごい」

レーナは繰り返しそう言いつつ、楽しげに後ろをついてくる。すると、ふと思い出したことがあった。

「レーナ、あんたって戦嫌いじゃなかったの？」

「そうだよ？」

「なのに私の魔法は褒めてくれるのね。私は悪いけど……根っからの戦闘民族よ。戦いからは離れられないわ、きっと」

そう言うと、レーナはぴょんと飛び跳ねて私の背中に飛びつき頬をすりあわせた。ニャウの時にはよくするスキンシップなのに、お互い薄着な今となるとドキリとする。

「エリーナの魔法は優しいから。子供を楽しませるし、関係ない人を巻き込むこともない。いつも、敵であっても相手のことを考えながら戦ってる。だから好きだよ。私も別に、戦い全部を否定するわけじゃないんだから」

「……そ。ならいいけど」

だめだ。やっぱりこの少女に褒められていると、どんどん自分の中の何かがダメになっていくような気がする。それでいて、落としちゃいけない何かを支えてくれている、そんな気分だった。

「じゃあ、私のとっておきを見せてあげるわ」

気分が良くなって、私は新たな魔法を詠唱する。またこの先も灼熱で溶かしてしまってもいいけれど、目的の木まで燃やしてしまっては話にならない。だから、普段の数倍もかけて魔法陣を展開させるための言葉を紡ぐ。

「〈顕現する精霊〉」

すると、目の前にとても直視できないほどの光が発生して……ぽん、ぽんと弾けるように炎の精霊が生まれていく。一匹一匹は頭でっかちな二頭身の手のひらサイズだが、その働きは素晴らしいものだ。

燃えるローブを被ったような小さな彼女達は、即座に周囲のスライムの身体に取り憑き、炎の螺旋よりよっぽど緻密に的確に道を切り開いていく。

「ほら、どう？　すごいでしょ！　元素を直接操る精霊召喚なんて、本職のサモナーでもそうそうできっこないんだから！」

魔法の根源は、目に見えない精霊に魔力を渡して現象を起こすことだという学説がある。この術式はそれを逆手に取り、精霊側を呼び出して自分の手の届かないほどの仕事をさせることができるのだ。何より見た目が可愛らしくて私は好きだ。

「エリーナ……。いくらぼっちだったからって、こんな魔法を……」

だが、レーナは憐憫《れんびん》に満ちた目で私を見て口元を手で覆っていた。それはいつものようなからかいの表情ではなく、本気で哀れに思っているようで腹が立った。

「な、何よ。これはすごいことなのよ？　存在すら曖昧《あいまい》な精霊という人外の存在を具現化した、学会に持ち込めば賞の一つはもらえるような……」

「いいの、いいんだよ。これからはレーナ達がいるからね。もういいんだよ。精霊さんに最後にお別れしよ？」

「や、やだ。私はずっとこの子達に手伝ってきてもらったの！　寒い夜に一人で野宿する時なんか特に……」

だが、言えば言うほど泥沼。レーナの瞳に涙がにじんだ辺りで私も何だか惨めになってきて抗弁をやめた。

そして、気が付けばもう最奥地までの道は開けていた。中にいた魔獣や魔物は全てスライムに取り込まれてしまっていたのだろう、結局何者とも出会うことなく、ぽっかりと空いた広場のような空間の中央にそれはもう立派な大樹が鎮座していた。

岩ばかりに囲まれた洞窟という環境で、だけどそれがどうしたとばかりに大きく枝葉を伸ばし、幹は抱えきれないほど太く、近くに寄るだけで頭がクラクラしそうな甘い匂いに包まれていた。ほのかな炎を灯す精霊達が舞っているのも相まって、ひどく幻想的な光景ができ上がっていた。

「……綺麗ね」

「うん。レーナの特別な木……。だけど、こんなに大きかったかな」

「そりゃ、木だって成長くらい……でも、確かに洞窟で成長する大木なんて聞いたことないわね」

そして、私はついにスライムの核たる部分を感知した。ピッタリと大樹の頂点に乗っかるようにしてそれは在った。魔法の一つでも弓矢の一本でもぶつけられたらそれまでの位置だ。ここまで

育ったスライムにしては不自然すぎる。

　そこで、レーナの言葉と共にふと思いついたことがあった。

「……この巨大スライムが周囲から栄養を吸い取って木に与えてる、のかしらね」

　そう呟きながら、私達は大樹の根元までたどり着いた。するとそこには、幹から滴る蜜を溜めるようにスライムの一部が器の様相で飛び出ていた。

「これこれ！　あー、久しぶりだなあ。すっごく甘いんだから！」

　レーナは跳び上がって喜びを示す。私はそれを微笑ましい思いで見て……お互いに一すくいして舐めてみる。

「んん！」

「わ、わ。こんなに甘くなってたんだ……もしかして、スライムのおかげ？」

「しかもそれだけじゃないわよ。これ、あり得ないくらい栄養価が高いわ。そりゃ、スライムだって洞窟に満ちるほど大きくなるわってくらいに！」

　私は長年の雑食生活のおかげで、大抵のものは食べたらそこに含まれている栄養素くらいは判別できる。その私が言うのだ。この蜜は格別に甘く、体に対して毒となることもなく……おそらくだが過剰に太らせることもなく、大量の魔力によってもたらされた栄養価に満ちていると。

　ただの魔族なら、手のひらいっぱいの量を飲むだけで一月は栄養失調に陥ることはないだろうというほどのものだった。

　そして、私とレーナはひとしきりその蜜を堪能して、二人で顔を見合わせた。レーナの表情はどこか悪戯《いたずら》っ子が悪いことをしたな、と反省しているようなもので……きっと私も、同じ顔をしていることだろう。

「レーナね、本当はこの蜜はレーナだけのものにしたかったんだけど……何か、物足りないね。こんなに美味しいのに、何でだろう」

「……これなら、エルサだって食べられるし、孤児院の子達と一緒に食べよっか。こんなものを作ってるスライムを討伐するのも、何だか気が引けるわ。場所だけは私達だけの秘密にして、必要な分だけ持って帰ってみんなで、ね？」

　レーナはしばし考え込んで、からっとした笑顔に戻って言う。

「そうだねっ。そっか、そうだよ。お菓子はみんなで食べた方が美味しいんだよね」

「そうよ。独り占めなんて、もったいないわ」

　私達は笑い合って、この場所をスライムに守ってもらうことに決めた。殺さないのだから、少しくらいの蜜は持ち帰らせてもらうけれど……洞窟については責任を持って守護することに決めた。これも立派な共存と言えるだろうと。

　こうして、私とレーナの二人だけの大冒険は幕を閉じたのだった。


　急に出ていったことで大騒ぎになっていた砦の連中やエルサにしこたま怒られ、その蜜を提供することでどうにか許してもらったのだが……。それによって通常は一週間は何も食べなくても大丈夫な魔族の集団に、おやつの時間が追加されたのは、また別のお話だ。

番外編　勇者と魔王の娘の出会い

エリーナ自らが建てた家。十人が住めるかどうかという大きさの一軒家だ。そこでいつもエリーナ達は過ごしている。スノウがやってきてからはあちこちに手遊びで作ったような氷の彫像も置かれるようになった。そのモチーフがエリーナ自身ばかりなもので、エリーナとしてはなんだか複雑な気分だったたが。

今家にいるのは、エルサとエリーナだけだ。スノウは元いた城の後始末、レーナはどこかへ散歩に行ってしまった。

エリーナはふと、そういえばエルサと完全に二人きりになるのも久しぶりだと思い、エルサに声をかけた。

「ねえ、エルサ。ずっと気になってたんだけど……何でレーナは私に体をくれたのかしら。普通じゃないわよね。同じ目標……平和に憧れてたといっても、どんな哀れみがあったとしても、自分の生きてきた体を明け渡すなんて」

するど、エルサは返答に困るでもなく、ひどく柔らかい笑みを浮かべて首を左右に振った。

「さあ……。私の口からは、とても言えません」

「何よ。レーナがいないことなんて珍しいんだから、聞かせてくれたっていいじゃない」

「申し訳ありません。これでも私は、エリーナ様とレーナちゃん、両方の侍従のつもりですから。裏切るような真似はできませんよ」

エリーナはそれを聞いて、どこか釈然としない気持ちで言った。

「何よ。教えてくれるくらいいいじゃない。じゃないと……あの子の気持ちが、私には分からないのよ」

事の発端はそこだった。魂の『譲渡』をしてから激動の月日だったこともあり、エリーナはレーナのことを結局はよく知らないのだ。

かつて勇者だった頃のエリーナが、レーナのことを助けたらしいということまでは認識としてあったが、生憎エリーナはそのことも覚えていなかった。彼女にとって人助けなんて当たり前のことだったからだ。その中には、魔獣や魔族を助ける場面もいくつかあった。

「……ダメですよ。女の子になったからって、そこまで甘えちゃ。レーナちゃんのことに関してだけは、頑張ってあの子の憧れでいてあげてください」

エルサは思い悩む様子のエリーナを見ながら、優しい声で告げた。

言うだけなら簡単だ。かつてのレーナがどれほど勇者様に入れ込んでいたか。どんな思いで自分の父親との戦争を見守っていたのか。だが、それを自分が言うのは何かが違うとエルサは思っていた。

そう、今でも思い出す。まだレーナが引きこもり姫のエリーナ・ヴィレッジだった頃の話だ。

◇

当時のエルサの仕事は完全にレーナの世話役のみだった。不測の事態が起きないよう、必要と感じたから魔王軍についてもしっかりと把握していたが、魔王から与えられた任務はそれだけ。

エルサはいつものようにレーナがいない間に寝室を整えていた。レーナが「たまには外に出てこい」と魔王様に言いつけられ、とある幹部に連れられて見識を広めるための旅に出ていった時のことだ。

「ねえ聞いて、エルサ！　私、運命の人と出会っちゃった！」

バン、と扉が開いて、泥だらけになったレーナが帰ってきた。その姿を見てエルサは目を丸くした。

「どうしたんですか、そのお姿は……」

「ちょっと色々あってね……。幹部のエサールが他の魔族に囲まれちゃって、私もやられそうになったんだあ」

「一大事じゃないですか！　魔王様にご報告を……」

「それより聞いてよ！　勇者様ってすごいんだよ！」

慌てて部屋を出ていこうとしたエルサの足を、その単語が止めた。勇者。最近魔王軍に攻め込んできている、めっぽう強いらしい人間のことだ。

「勇者と会われたんですか？」

「うん。私も魔族なのに……誰か助けてって叫んだら、流れ星みたいな速さで駆けつけてくれてね。たった一人でみんなやっつけちゃって……もう、すごくかっこ良かったんだから！」

「勇者が、魔族を助けた……？　そんなことがあったんですか」

エルサも基本的にレーナのお付きであるために人と魔の戦争については詳細に知っているわけではない。だが、人間が魔族を救う……それも明確に敵対している勇者がだなんて、聞いたことがなかった。

「でも、そんな力を持つ者のことはお嫌いだったんじゃ？」

「それがね。違うの！　助けてくれた時に言ってたんだけどね、勇者様は魔族だから殺してるんじゃないの。平和のために戦ってるんだって！」

「平和、ですか……」

これはレーナにも言ってないことだったが、エルサは天使族である。人間と魔族の均衡を保つのが目的だ。もし勇者が魔族を殲滅する気ならば、報告することがエルサの義務だ。だけど……これはちょっと妙な話になってきたな、とエルサは思った。


ひとまずエルサはレーナを浴室に連れていき、体を洗ってもらうことにした。幸いにも外傷は見られず、汚れを落とすだけで十分だと判断したのだ。レーナは自分の裸を見られることを嫌がるので、薄い布を隔てての会話となった。

「勇者様はね、必要以上に私達を殺す気がないんだよ。人間みんなの期待を背負って、お父様と戦うためだけにこの魔大陸にやってきたんだって。それでね、そうしたら……平和な世界になるんだって。誰も殺されない、誰も殺す必要なんてない、みんなが自由に平穏な暮らしができるようになる。そのために戦ってるんだって」

「それはまた……大きな夢ですね。確かに人間と魔族……勇者と魔王様の対立は大昔からあることのようですが」

　エルサは無難な答えを返しつつ、やはり疑問だった。勇者の何がレーナにここまで言わせるのかが。エルサの知っているレーナは単純な力なんかには見向きもしなかったはずだ。

ならば、平和という夢に感化されたのだろうか、と考えるが、それもなんだか違う気がした。レーナは魔族にしては珍しく野心家でも何でもない。ただ毎日をダラダラと生きることに喜びを感じるタイプだとエルサは思っていた。

「だからね、〈千里眼〉で目を付けちゃった」

「つ、使われたのですか？　奥の手だって魔王様に散々言われてたじゃないですか⁉」

　レーナの持つ異能、〈千里眼〉はごく希に身につけることができる特殊能力のようなものだ。世界のどこにいても対象の言動を見張ることができる代わりに、一度使ったら相手が死なない限り解除できないというもの。

　戦争という状況下においてはこれ以上望むべくもない能力だが、対象にできるのは直接目で見た一人きりという厳しい制約もある。

「いいじゃん。どうせ私は戦争になんて加担する気はないんだもん。最近はどこに行っても誰を倒したとかどっちが強いとか、そんな話ばっかり……。私はもううんざり。のんびり暮らせたら、それでいいのになあ……」

布の奥から、語尾に行くにつれて水音にかき消されそうになるような小さな声。エルサはレーナのいる状況を鑑みて、そっと唇を噛んだ。

魔王の娘。その身分はそう簡単に手放せるものではない。これからのレーナには、苦難の道が待っているはずだ。魔王の血を引いた彼女を周囲が放っておくとは思えない。それに、いつかはどんな形であれ世代交代は起こる。そうなった時……レーナが望む平穏など、望めるわけがない。

「でも勇者様はね。それも全部自分のせいなんだって言ってたんだよ」

「えっ……？」

エルサが天使族から言い渡された内容は、当代の勇者には世界を破滅させるだけの力がある、というもの。まさかそれを本人が知っているとは考え辛い。だけど、気付いているのか……？と疑問が口から零れたのだった。

「自分には力しかないから、こんなやり方しかできない。だから、戦争を仕掛けてしまっている、って。でも……それは全部ね、勇者様にとって大事な人達を守るためだと思うんだあ。その大事って部分がね、同族全員を指してるの。全部を見通した私だけにしか分からないだろうけどね。そんな思い一つで、お父様と張り合ってるんだもん。すごいよ。これはすごいことだよ」

「あまり、ご自分のお父様を悪く言われるのは……それに、他の魔族から反感を買ってしまいますよ？」

「あは。そうだね。でも聞いてるのはエルサだけだから。他の魔族になんて話さないよ。だから、千里眼を使ったことも内緒にしておいてね。二人だけの秘密だよ？　楽しみだなあ……どんな人なんだろうなあ、勇者様って」

　ちょうどレーナが体を洗い終えた時、彼女は笑ってはいなかった。

「思いも実力も強すぎて……自分の才能を分けちゃうくらい寂しい人。誰にも理解されない、誰もついてこられない、それでもあの人は笑うんだ。見ている人を不安にさせないように。ねえ、エルサ……。そんな人って、どう支えてあげればいいんだろうね？」

　その問いに……エルサは、何も返す言葉がなかった。


　それからの日々は、エルサから見てもレーナは充実している様子だった。暇さえあれば勇者の動向をじっと眺め、時には笑い時には泣いていた。その話を逐一聞いていくうちに、エルサの中でも勇者を応援したいという気持ちが強くなっていった。

　馬鹿が付くほど正々堂々としていて、自分の夢を追い続けている。自分を認めて欲しい、ただそれだけの思いで人間みんなの希望を背負って勝ち続けているのに、一番欲しいものだけが手に入らない。

　それを見ている彼女達の歯がゆさたるやなかった。そんなある日、レーナが唐突に言った。

「ねえ、すごいよね。平和なんて、私の目でも見えないのに……勇者様は、本当にそれだけのために生きてるんだよ！　きっと……平和なんて、本当に優しい人にしか見えないんだろうなあ」

その時、エルサの目に映っていたレーナは魔王の娘でもなく……ただの恋する乙女のようだった。

その時からだ。エルサも勇者を様付けで呼ぶようになったのは。レーナを戦から遠ざけることができるとしたら、それはきっと彼しかいないのではないか。そんな風に思ったのだった。

◇

「……っと。ちょっと。エルサ。私の話聞いてる？」

「あ……申し訳ありません。少し昔のことを思い出してました」

エルサは懐かしい日々のことを思い、しばしエリーナの話を聞いていなかった。

「はあ……。もういいわ。レーナのことは自分で考えるから」

「ええ。きっとその方が、レーナちゃんも喜んでくださいますよ。しかしなぜ急にそんなことを？」

エリーナはそう訊かれて、褐色の肌でも目立つくらいに頬を紅潮させた。だが、エルサもそこを攻めるような無粋な真似はしない。

「……ちょっと、自分の気持ちとの折り合いがね。まあ、気にしないでちょうだい。エルサ、お茶のおかわりもらえる？」

「はい、かしこまりました。しばしお待ちください」

エルサは最後にそう礼をした……そうでもしないと、今のニヤけた顔は隠せそうもなかったからだ。

部屋を出て、エルサは一人呟く。

「本当に、可愛い主人達に恵まれてますね。私は……」

あとがき

まずは、この本を手に取って頂いた事にお礼申し上げます。

ありがとうございます。そして、初めまして。新生べっこう飴という名前で活動しております。

この作品は、「小説家になろう」という小説投稿サイトで連載しておりまして、この度、ぶんか社様のレーベル、「BKブックス」さんに声をかけて頂き、書籍化となりました。

本当に感謝です。よくもまあ私の作品を選んでくれたものだと感涙しております。

というのも、私の活動はおそらく少々異例でして、元は文芸の公募に参加しては落ち続けてきた人間なのです。小説投稿サイトでの人気やらお約束などを研究しつつ、「なら自分ならどう書くかな」と一念発起し舞台を変えて書き上げたものになります。

ですから、十万字以上も物語を続けるということが初めての体験でした。しかし、これがまた楽しいもので、本当に自由な創作というものの喜びを知ることができました。

さらに、ネットの関係とは不思議なもので、公開したものにすぐ反応があったりするのです。これは今では当たり前のことなのかもしれませんが、私はひどく驚きました。新人賞だけに絞っていた時は小説の話をできる友人もできず、孤独と戦いながらの執筆でしたので。

ですが世界は広いもので、中には小説について配信をしている方や、積極的に他人の作品を読んでアドバイスをされている方などとの友人もできて、非常に楽しい執筆生活を送ることができております。

さて、頂いたページ数も少なくなるので、この作品についてお話を。強いとはどういうことか。復讐にはどんな形があるのか。……そんな話をしても面白くもなんともないですね。

ただ、強い人間が正しいとは限らない。いつだって間違えながら、それでも理想の生活を追い求める主人公が様々な苦難に巻き込まれていくお話です。第一巻ではその中でも、主人公自身の中にあった弱さや失敗と向き合う話になっております。

その頑張ってる姿、そして仲間の助けも借りながら、今度こそ成功していく姿は書いている私でも眩しく見えるほどです。ぜひ、その輝きを見せてやりたい。その一心で書いてきました。読んで頂ける方に損だけはさせない。それが私のモットーです。

それでは、改めまして。

ぶんか社編集部の皆様、校閲さん、営業さん、デザイナーさんに本当に感謝しております。

そして、素敵なイラストを描いてくださったみすみさんに多大なる感謝を。まさか自分の作品に絵を付けて頂ける日が来るとは思ってもいませんでした。

何より、書籍化について何も知らないど素人にも丁寧に対応、説明してくださり、あらゆる面で助けてくださった編集のSさん、Mさんには頭が上がりません。拙いことしかない迷惑しかかけないこんな私ですが、今後もどうぞよろしくお願いします。

この作品が日の目を見ることができたのも、そんな皆様のおかげです。本当に、心の底からありがとうございます。

そんな感謝は、今後の作品で返していくつもりです。『魔王の娘の百合戦記』はまだまだこれから面白くしていけるよう精進致します。

そして最後に、「小説家になろう」で応援してくださった読者様に最大級の感謝を！　皆様のおかげで今日この日までたどり着くことができました。この本を手に取って頂いた皆様の心にも、何かを残せたなら私は大満足です。

新生べっこう飴

BKブックス

魔王の娘の百合戦記

TS転生した勇者は可愛い魔族やモン娘に囲まれた平穏な暮らしを守りたい

2019年4月20日　初版第一刷発行

著　者　新生《しんせい》べっこう飴《あめ》

イラストレーター　みすみ

発行人　大島雄司

発行所　株式会社ぶんか社
〒102-8405　東京都千代田区一番町29-6
TEL 03-3222-5125（編集部）
TEL 03-3222-5115（出版営業部）
www.bunkasha.co.jp

装　丁　AFTERGLOW

編　集　株式会社 パルプライド

印刷所　大日本印刷株式会社

ISBN978-4-8211-4514-0

Printed in Japan